Л. Н. Андреев

ПЕТЬКА НА ДАЧЕ

Рассказы

МОСКВА
РОСМЭН
2022

УДК 821.161.1-32
ББК 84 (2Рос=Рус)6
А655

Андреев, Леонид Николаевич.
А655 Петька на даче: рассказы / Л. Н. Андреев ; худож. И. Годин. — М. : РОСМЭН, 2022. — 128 с. : ил. — (Внеклассное чтение).

В книге собраны самые известные рассказы Леонида Андреева: «Петька на даче», «Баргамот и Гараська», «Ангелочек», «Кусака», «Валя» и другие. Произведения Андреева проникнуты величайшим гуманизмом, они заставляют задуматься о добре и зле, о прощении и взаимопомощи, о великих трудностях, с которыми «маленький человек» сталкивается в борьбе с жизненными обстоятельствами. Иллюстрации Игоря Година точно передают непростые образы героев Андреева.

ISBN 978-5-353-10139-0

УДК 821.161.1-32
ББК 84 (2Рос=Рус)6
© И. Годин, наследники, иллюстрации, 2022
© ООО «РОСМЭН», 2022

Петька на даче

Осип Абрамович, парикмахер, поправил на груди посетителя грязную простынку, заткнул её пальцами за ворот и крикнул отрывисто и резко:

— Мальчик, воды!

Посетитель, рассматривавший в зеркало свою физиономию с тою обострённою внимательностью и интересом, какие являются только в парикмахерской, замечал, что у него на подбородке прибавился ещё один угорь, и с неудовольствием отводил глаза, попадавшие прямо на худую, маленькую ручонку, которая откуда-то со стороны протягивалась к подзеркальнику и ставила жестянку с горячей водой. Когда он поднимал глаза выше, то видел отражение парикмахера, странное и как будто косое, и подмечал быстрый и грозный взгляд, который тот бросал вниз на чью-то голову, и безмолвное движение его губ от неслышного, но выразительного шёпота. Если его брил не сам хозяин Осип Абрамович, а кто-нибудь из подмастерьев, Прокопий или Михайла, то шёпот становился громким и принимал форму неопределённой угрозы:

— Вот погоди!

Это значило, что мальчик недостаточно быстро подал воду и его ждёт наказание. «Так их и следует», — думал посетитель, кривя голову набок и созерцая у самого своего носа большую потную руку, у которой три пальца были оттопырены, а два другие, липкие и пахучие, нежно прикасались к щеке и подбородку, пока туповатая бритва с неприятным скрипом снимала мыльную пену и жёсткую щетину бороды.

В этой парикмахерской, пропитанной скучным запахом дешёвых духов, полной надоедливых мух и грязи, посетитель был нетребовательный: швейцары, приказчики, иногда мелкие служащие или рабочие, часто аляповато-красивые, но подозрительные молодцы, с румяными щеками, тоненькими усиками и наглыми маслянистыми глазками. Невдалеке находился квартал, заполненный домами дешёвого разврата. Они господствовали над этой местностью и придавали ей особый характер чего-то грязного, беспорядочного и тревожного.

Мальчик, на которого чаще всего кричали, назывался Петькой и был самым маленьким из всех служащих в заведении. Другой мальчик, Николка, насчитывал от роду тремя годами больше и скоро должен был перейти в подмастерья. Уже и теперь, когда в парикмахерскую заглядывал посетитель попроще, а подмастерья,

в отсутствие хозяина, ленились работать, они посылали Николку стричь и смеялись, что ему приходится подниматься на цыпочки, чтобы видеть волосатый затылок дюжего дворника. Иногда посетитель обижался за испорченные волосы и поднимал крик, тогда и подмастерья кричали на Николку, но не всерьёз, а только для удовольствия окорначенного простака. Но такие случаи бывали редко, и Николка важничал и держался, как большой: курил папиросы, сплёвывал через зубы, ругался скверными словами и даже хвастался Петьке, что пил водку, но, вероятно, врал. Вместе с подмастерьями он бегал на соседнюю улицу посмотреть на крупную драку, и когда возвращался оттуда, счастливый и смеющийся, Осип Абрамович давал ему две пощёчины: по одной на каждую щёку.

Петьке было десять лет; он не курил, не пил водки и не ругался, хотя знал очень много скверных слов, и во всех этих отношениях завидовал товарищу. Когда не было посетителей и Прокопий, проводивший где-то бессонные ночи и днём спотыкавшийся от желания спать, приваливался в тёмном углу за перегородкой, а Михайла читал «Московский листок» и среди описания краж и грабежей искал знакомого имени кого-нибудь из обычных посетителей, — Петька и Николка беседовали. Последний всегда становился добрее, оставаясь вдвоём, и объяснял «мальчику», что значит стричь под польку, бобриком или с пробором.

Иногда они садились на окно, рядом с восковым бюстом женщины, у которой были розовые щёки, стеклянные удивлённые глаза и редкие прямые ресницы, — и смотрели на бульвар, где жизнь начиналась с раннего утра. Деревья бульвара, серые от пыли, неподвижно млели под горячим, безжалостным солнцем и давали такую же серую, неохлаждающую тень. На всех скамейках сидели мужчины и женщины, грязно и странно одетые, без платков и шапок, как будто они тут и жили и у них не было другого дома. Были лица равнодушные, злые или распущенные, но на всех на них лежала печать крайнего утомления и пренебрежения к окружающему. Часто чья-нибудь лохматая голова бессильно клонилась на плечо, и тело невольно искало простора для сна, как у третьеклассного пассажира, проехавшего тысячи вёрст без отдыха, но лечь было негде. По дорожкам расхаживал с палкой ярко-синий сторож и смотрел, чтобы кто-нибудь не развалился на скамейке или не бросился на траву, порыжевшую от солнца, но такую мягкую, такую прохладную. Женщины, всегда одетые более чисто, даже с намёком на моду, были все как будто на одно лицо и одного возраста, хотя иногда попадались совсем старые или молоденькие, почти дети. Все они говорили хриплыми, резкими голосами, бранились, обнимали мужчин так просто, как будто были на бульваре совсем одни, иногда тут же пили водку и закусывали. Случалось, пьяный мужчина бил такую же пьяную женщину; она падала, поднималась и снова падала; но никто не вступался за неё. Зубы весело скалились, лица становились осмысленнее и живее, около дерущихся собиралась толпа;

но когда приближался ярко-синий сторож, все лениво разбредались по своим местам. И только побитая женщина плакала и бессмысленно ругалась; её растрёпанные волосы волочились по песку, а полуобнажённое тело, грязное и жёлтое при дневном свете, цинично и жалко выставлялось наружу. Её усаживали на дно извозчичьей пролётки и везли, и свесившаяся голова её болталась, как у мёртвой.

Николка знал по именам многих женщин и мужчин, рассказывал о них Петьке грязные истории и смеялся, скаля острые зубы. А Петька изумлялся тому, какой он умный и бесстрашный, и думал, что когда-нибудь и он будет такой же. Но пока ему хотелось бы куда-нибудь в другое место... Очень хотелось бы.

Петькины дни тянулись удивительно однообразно и похоже один на другой, как два родные брата. И зимою и летом он видел всё те же зеркала, из которых одно было с трещиной, а другое было кривое и потешное. На запятнанной стене висела одна и та же картина, изображавшая двух голых женщин на берегу моря, и только их розовые тела становились всё пестрее от мушиных следов, да увеличивалась чёрная копоть над тем местом, где зимою чуть ли не весь день горела керосиновая лампа-молния. И утром, и вечером, и весь божий день над Петькой висел один и тот же отрывистый крик: «Мальчик, воды», — и он всё подавал её, всё подавал. Праздников не было. По воскресеньям, когда улицу переставали освещать окна магазинов и лавок, парикмахерская до поздней ночи бросала на мостовую яркий сноп света, и прохожий видел маленькую, худую фигурку, сгорбившуюся в углу на своём стуле и погружённую не то в думы, не то в тяжёлую дремоту. Петька спал много, но ему почему-то всё хотелось спать, и часто казалось, что всё вокруг него не правда, а длинный неприятный сон. Он часто разливал воду или не слыхал резкого крика: «Мальчик, воды», — и всё худел, а на стриженой голове у него пошли нехорошие струпья. Даже нетребовательные посетители с брезгливостью смотрели на этого худенького, веснушчатого мальчика, у которого глаза всегда сонные, рот полуоткрытый и грязные-прегрязные руки и шея. Около глаз и под носом у него прорезались тоненькие морщинки, точно проведённые острой иглой, и делали его похожим на состарившегося карлика.

Петька не знал, скучно ему или весело, но ему хотелось в другое место, о котором он ничего не мог сказать, где оно и какое оно. Когда его навещала мать, кухарка Надежда, он лениво ел принесённые сласти, не жаловался и только просил взять его отсюда. Но затем он забывал о своей просьбе, равнодушно прощался с матерью и не спрашивал, когда она придёт опять. А Надежда с горем думала, что у неё один сын — и тот дурачок.

Много ли, мало ли жил Петька таким образом, он не знал. Но вот однажды в обед приехала мать, поговорила с Осипом Абрамовичем и сказала, что его, Петьку, отпускают на дачу, в Царицыно, где живут её господа. Сперва Петька не понял, потом лицо его покрылось тонкими морщинками от тихого смеха, и он начал торопить Надежду. Той нужно было, ради пристойности, поговорить с Осипом Абрамовичем о здоровье его жены, а Петька тихонько толкал её к двери и дёргал за руку. Он не знал, что такое дача, но полагал, что она есть то самое место, куда он так стремился. И он эгоистично позабыл о Николке, который, заложив руки в карманы, стоял тут же и старался с обычною дерзостью смотреть на Надежду. Но в глазах его вместо дерзости светилась глубокая тоска: у него совсем не было матери, и он в этот момент был бы не прочь даже от такой, как эта толстая Надежда. Дело в том, что и он никогда не был на даче.

Вокзал с его разноголосою сутолокою, грохотом приходящих поездов, свистками паровозов, то густыми и сердитыми, как голос Осипа Абрамовича, то визгливыми и тоненькими, как голос его больной жены, торопливыми пассажирами, которые всё идут и идут, точно им и конца нету, — впервые предстал перед оторопелыми глазами Петьки и наполнил его чувством возбуждённости и нетерпения. Вместе с матерью он боялся опоздать, хотя до отхода дачного поезда оставалось добрых полчаса; а когда они сели в вагон и поехали, Петька прилип к окну, и только стриженая голова его вертелась на тонкой шее, как на металлическом стержне.

Он родился и вырос в городе, в поле был первый раз в своей жизни, и всё здесь для него было поразительно ново и странно: и то, что можно видеть так далеко, что лес кажется травкой, и небо, бывшее в этом новом мире удивительно ясным и широким, точно с крыши смотришь. Петька видел его с своей стороны, а когда оборачивался к матери, это же небо голубело в противоположном окне, и по нём плыли, как ангелочки, беленькие радостные облачка. Петька то вертелся у своего окна, то перебегал на другую сторону вагона, с доверчивостью кладя плохо отмытую ручонку на плечи и колени незнакомых пассажиров, отвечавших ему улыбками. Но какой-то господин, читавший газету и всё время зевавший, то ли от чрезмерной усталости, то ли от скуки, раза два неприязненно покосился на мальчика, и Надежда поспешила извиниться:

— Впервой по чугунке едет — интересуется...

— Угу! — пробурчал господин и уткнулся в газету.

Надежде очень хотелось рассказать ему, что Петька уже три года живёт у парикмахера и тот обещал поставить его на ноги, и это будет очень хорошо, потому что женщина она одинокая и слабая и другой поддержки, на случай болезни или старости, у неё нет. Но лицо у господина было злое, и Надежда только подумала всё это про себя.

Направо от пути раскинулась кочковатая равнина, тёмно-зелёная от постоянной сырости, и на краю её были брошены серенькие домики, похожие на игрушечные, а на высокой зелёной горе, внизу которой блистала серебристая полоска, стояла такая же игрушечная белая церковь. Когда поезд со звонким металлическим лязгом, внезапно усилившимся, взлетел на мост и точно повис в воздухе над зеркальною гладью реки, Петька даже вздрогнул от испуга и неожиданности и отшатнулся от окна, но сейчас же вернулся к нему, боясь потерять малейшую подробность пути. Глаза Петькины давно уже перестали казаться сонными, и морщинки пропали. Как будто по этому лицу кто-нибудь провёл горячим утюгом, разгладил морщинки и сделал его белым и блестящим.

В первые два дня Петькина пребывания на даче богатство и сила новых впечатлений, лившихся на него и сверху и снизу, смяли его маленькую и робкую душонку. В противоположность дикарям минувших веков, терявшимся при переходе из пустыни в город, этот современный дикарь, выхваченный из каменных объятий городских громад, чувствовал себя слабым и беспомощным перед лицом природы. Всё здесь было для него живым, чувствующим и имеющим волю. Он боялся леса, который покойно шумел над его головой и был тёмный, задумчивый и такой страшный в своей бесконечности; полянки, светлые, зелёные, весёлые, точно поющие всеми своими яркими цветами, он любил и хотел бы приласкать их, как сестёр, а тёмно-синее небо звало его к себе и смеялось, как мать. Петька волновался, вздрагивал и бледнел, улыбался чему-то и степенно, как старик, гулял по опушке и лесистому берегу пруда. Тут он, утомлённый, задыхающийся, разваливался на густой сыроватой траве и утопал в ней; только его маленький веснушчатый носик поднимался над зелёной поверхностью. В первые дни он часто возвращался к матери, тёрся возле неё, и, когда барин спрашивал его, хорошо ли на даче, — конфузливо улыбался и отвечал:

— Хорошо!..

И потом снова шёл к грозному лесу и тихой воде и будто допрашивал их о чём-то.

Но прошло ещё два дня, и Петька вступил в полное соглашение с природой. Это произошло при содействии гимназиста Мити из Старого Царицына. У гимназиста Мити лицо было смугло-жёлтым, как вагон второго класса, волосы на макушке стояли торчком и были совсем белые — так выжгло их солнце. Он ловил в пруде рыбу, когда Петька увидал его, бесцеремонно вступил с ним в беседу и удивительно скоро сошёлся. Он дал Петьке подержать одну удочку и потом повёл его куда-то далеко купаться. Петька очень боялся идти в воду, но когда вошёл, то не хотел вылезать из неё и делал вид, что плавает: поднимал нос и брови кверху, захлёбывался и бил по воде руками, поднимая брызги. В эти минуты он был очень похож на щенка, впервые попавшего в воду. Когда Петька оделся, то был синий от холода, как мертвец, и, разговаривая, ляскал зубами. По предложению того же Мити, неистощимого на выдумки, они исследовали развалины дворца; лазали на заросшую деревьями крышу и бродили среди разрушенных стен громадного здания. Там было очень хорошо: всюду навалены груды камней, на которые с трудом можно взобраться, и промеж них растёт молодая рябина и берёзки, тишина стоит мёртвая, и чудится, что вот-вот выскочит кто-нибудь из-за угла или в растрескавшейся амбразуре окна покажется страшная-престрашная рожа. Постепенно Петька почувствовал себя на даче как дома и совсем забыл, что на свете существует Осип Абрамович и парикмахерская.

— Смотри-ка, растолстел как! Чистый купец! — радовалась Надежда, сама толстая и красная от кухонного жара, как медный самовар.

Она приписывала это тому, что много его кормит. Но Петька ел совсем мало, не потому, чтобы ему не хотелось есть, а некогда было возиться: если бы можно было не жевать, глотать сразу, а то нужно жевать, а в промежутки болтать ногами, так как Надежда ест дьявольски медленно, обгладывает кости, утирается передником и разговаривает о пустяках. А у него дела было по горло: нужно пять раз выкупаться, вырезать в орешнике удочку, накопать червей, — на всё это требуется время. Теперь Петька бегал босой, и это в тысячу раз приятнее, чем в сапогах с толстыми подошвами: шершавая земля так ласково то жжёт, то холодит ногу. Свою подержанную гимназическую куртку, в которой он казался солидным мастером парикмахерского цеха, он также снял и изумительно помолодел. Надевал он её только вечерами, когда ходил на плотину смотреть, как катаются на лодках господа: нарядные, весёлые, они со смехом садятся в качающуюся лодку, и та медленно рассекает зеркальную воду, а отражённые деревья колеблются, точно по ним пробежал ветерок.

В исходе недели барин привёз из города письмо, адресованное «куфарке Надежде», и, когда прочёл его адресату, адресат заплакал и размазал по всему лицу сажу, которая была на переднике. По отрывочным словам, сопровождавшим эту операцию, можно было понять, что речь идёт о Петьке. Это было уже ввечеру. Петька на заднем дворе играл сам с собою в «классики» и надувал щёки, потому что так прыгать было значительно легче. Гимназист Митя научил этому глупому, но интересному занятию, и теперь Петька, как истый спортсмен, совершенствовался в одиночку. Вышел барин и, положив руку на плечо, сказал:

— Что, брат, ехать надо!

Петька конфузливо улыбался и молчал.

«Вот чудак-то!» — подумал барин.

— Ехать, братец, надо.

Петька улыбался. Подошла Надежда и со слезами подтвердила:

— Надобно ехать, сынок!

— Куда? — удивился Петька.

Про город он забыл, а другое место, куда ему всегда хотелось уйти, — уже найдено.

— К хозяину Осипу Абрамовичу.

Петька продолжал не понимать, хотя дело было ясно как божий день. Но во рту у него пересохло, и язык двигался с трудом, когда он спросил:

— А как же завтра рыбу ловить? Удочка — вот она...

— Что же поделаешь!.. Требует. Прокопий, говорит, заболел, в больницу свезли. Народу, говорит, нету. Ты не плачь: гляди, опять отпустит, — он добрый, Осип Абрамович.

Но Петька и не думал плакать и всё не понимал. С одной стороны был факт — удочка, с другой призрак — Осип Абрамович. Но постепенно мысли Петькины стали проясняться, и произошло странное перемещение: фактом стал Осип Абрамович, а удочка, ещё не успевшая высохнуть, превратилась в призрак. И тогда Петька удивил мать, расстроил барыню и барина и удивился бы сам, если бы был способен к самоанализу: он не просто заплакал, как плачут городские дети, худые и истощённые, — он закричал громче самого горластого мужика и начал кататься по земле, как те пьяные женщины на бульваре. Худая ручонка его сжималась в кулак и била по руке матери, по земле, по чём попало, чувствуя боль от острых камешков и песчинок, но как будто стараясь ещё усилить её.

Своевременно Петька успокоился, и барин говорил барыне, которая стояла перед зеркалом и вкалывала в волосы белую розу:

— Вот видишь, перестал, — детское горе непродолжительно.

— Но мне всё-таки очень жаль этого бедного мальчика.

— Правда, они живут в ужасных условиях, но есть люди, которым живётся и хуже. Ты готова?

И они пошли в сад Дипмана, где в этот вечер были назначены танцы и уже играла военная музыка.

На другой день, с семичасовым утренним поездом, Петька уже ехал в Москву. Опять перед ним мелькали зелёные поля, седые от ночной росы, но только убегали не в ту сторону, что раньше, а в противоположную. Подержанная гимназическая курточка облекала его худенькое тело, из-за ворота её выставлялся кончик белого бумажного воротничка. Петька не вертелся и почти не смотрел в окно, а сидел такой тихонький и скромный, и ручонки его были благонравно сложены на коленях. Глаза были сонливы и апатичны, тонкие морщинки, как у старого человека, ютились около глаз и под носом. Вот замелькали у окна столбы и стропила платформы, и поезд остановился.

Толкаясь среди торопившихся пассажиров, они вышли на грохочущую улицу, и большой жадный город равнодушно поглотил свою маленькую жертву.

— Ты удочку спрячь! — сказал Петька, когда мать довела его до порога парикмахерской.

— Спрячу, сынок, спрячу! Может, ещё приедешь.

И снова в грязной и душной парикмахерской звучало отрывистое: «Мальчик, воды», и посетитель видел, как к подзеркальнику протягивалась маленькая грязная рука, и слышал неопределённо угрожающий шёпот: «Вот погоди!» Это значило, что сонливый мальчик разлил воду или перепутал приказания. А по ночам, в том месте, где спали рядом Николка и Петька, звенел и волновался тихий голосок, и рассказывал о даче, и говорил о том, чего не бывает, чего никто не видел никогда и не слышал. В наступавшем молчании слышалось неровное дыхание детских грудей, и другой голос, не по-детски грубый и энергичный, произносил:

— Вот черти! Чтоб им повылазило!
— Кто черти?
— Да так... Все.

Мимо проезжал обоз и своим мощным громыханием заглушал голоса мальчиков и тот отдалённый жалобный крик, который уже давно доносился с бульвара: там пьяный мужчина бил такую же пьяную женщину.

Алёша-дурачок

Посвящается Э. В. Готье

Впервые увидел я Алёшу при таких обстоятельствах. Был холодный ноябрьский день. Сильный северный ветер быстро гнал по небу низкие тучи, гудел в голых вершинах обнажённых деревьев, срывая оттуда последние жёлтые скрюченные листья, своим печальным видом напоминавшие дачников, которые никак не могут расстаться с летом и только под влиянием крайней необходимости покидают насиженное место. Тот же суровый и настойчивый ветер подгонял и меня, настолько увеличив мою нормальную способность к передвижению, что путь от гимназии до дому, проходимый мною обыкновенно минут в тридцать, на этот раз сократился по меньшей мере минут на пять. Полагаю, впрочем, что один ветер едва ли достиг бы таких блестящих результатов, если бы не оказали ему содействие мои родители, наградившие меня тем, что в данную минуту свободно можно было назвать парусом, но что при рождении было наименовано гимназическим тёплым пальто, сшитым «на рост». По толкованию изобретателей этой адской машины выходило так, что когда года через четыре мне станет пятнадцать лет, то эта вещь будет как раз мне впору. Нельзя сказать, чтобы это было большим утешением, особенно если принять во внимание необыкновенную тяжесть этой вещи и длину её пол, которые мне приходилось каждый раз с усилием разбрасывать ногами. Если добавить к этому величайшую, с широчайшими полями, ватную гимназическую фуражку, имевшую очевидную и злобную тенденцию навек сокрыть от меня свет божий и похоронить мою бедную голову в своих тёплых и мягких недрах, чему единственно препятствовали мои уши, да обширнейший ранец, вплотную набитый толстейшими книжками — и все в переплётах, — то, без всякого риска солгать, меня можно было уподобить путешественнику в Альпийских горах, придавленному обвалом и, кроме того, поставленному в грустную необходимость весь этот обвал тащить на себе. При этих условиях требовать от меня жизнерадостного настроения было бы нелепостью.

Дом наш находился на окраине города О. по Пушкарной улице. Энергично борясь с судьбою, я успел приблизиться к нему и уже взялся за ручку калитки, чтобы через двор пройти к себе, когда из-под козырька фуражки заметил чьи-то грязные ноги, попиравшие чистые каменные ступени парадного крыльца. Сдвинув, насколько было то возможно, фуражку на затылок, я критическим взглядом окинул обладателя грязных ног. При первом поверхностном обзоре я успел заметить, что он одет более чем по-летнему. Коротенький и узкий нанковый пиджак туго обтягивал тело, выше кисти оставляя открытыми большие грязные руки, синевато-багровые от холода. Тот же оттенок носили и другие части тела незнакомца, выглядывавшие из прорванных нанковых брюк, далеко не достигавших нижних конечностей, обутых в опорки. Единственное, что в костюме незнакомца пробудило во мне некоторое чувство зависти, была маленькая-премаленькая засаленная фуражка, еле прикрывавшая стриженую голову.

— Послушай, чего тебе надо? — спросил я с деловитой суровостью барчонка, выполняющего ответственные функции хозяина и домовладельца.

Незнакомец молчал и смотрел на меня. Я тоже молчал и смотрел на него. Поразило меня при этом что-то особенное в выражении его глаз и рта. Лицо у него было совсем моложавое, болезненно-полное и на щеках еле покрытое негустым желтоватым пушком. Носик маленький, красный от холода. Небольшие серые тусклые глаза смотрели на меня в упор, не мигая. В них совсем не было мысли, но откуда-то из глубины поднималась тихая молчаливая мольба, полная несказанной тоски и муки; жалкая, просящая улыбка как бы застыла на его лице.

— Послушай же! Чего тебе надо? — вторично спросил я, но уже со значительно меньшей суровостью.

Но незнакомец и на этот раз не удостоил меня ответа. Слегка сгорбившийся, беспомощно, как плети, опустивший руки по бокам, он смотрел на меня тем же взглядом, и лишь губы его стали шевелиться, как будто то, что нужно было ему сказать, находилось на самом кончике языка, но никак не могло соскочить оттуда.

— Ну? — подсобил я ему.

— Копеечку... — послышался тихий, точно откуда-то издали долетевший ответ.

— А ты звонил?

— Не-ет.

— Какой же ты глупый! Кто ж тебе даст, если ты не звонил.

Незнакомец молчал.

— А как тебя зовут?

— А-лёша... Дурачок.

Эта необычная рекомендация не показалась мне странной, ибо я давно уже решил, что у незнакомца не все дома, и мне было жаль его. Особенно смущало меня проглядывавшее сквозь прорехи голое, синеватое тело.

— Тебе холодно?

— Хо-лодно.

С быстротой нерассуждающего детства я составил чудный план помощи Алёше, имевший целью не только спасти его от холода, но обеспечить его будущность по меньшей мере на несколько десятков лет. Схватив Алёшу за рукав, я энергично потащил его окольным путём в сад, более чем когда-либо негодуя на излишнюю предусмотрительность родителей, воплотившуюся в этом проклятом пальто «на рост». В саду я усадил Алёшу на скамейку, с возможной поспешностью отправился домой и, не раздеваясь, потребовал от матери «как можно больше денег». Та изумилась, но ввиду того, что я имел честь состоять первенцем и баловнем дома, а также и потому, что у ней не было мелочи, дала мне рубль, строго приказав принести мне сдачи. Как же, дожидайся!

— На, Алёша. Тут много денег. Смотри, не потеряй.

Для верности я сам зажал в его руку драгоценную бумажку. Но всё-таки меня грызло сомнение, хотелось самому проводить до его дома, но, боясь отца, я удовлетворился тем, что долго из калитки наблюдал за уходящим дурачком. И походка-то у него была странная. Поднимет одну ногу и, качнувшись всем телом вперёд, тихо-тихо поставит её наземь носком внутрь. Потом другую. Меня так и тянуло побежать и толкнуть его сзади. От нетерпения я даже начал топать.

Говорят, что павлины горды, но это могут говорить лишь те, кто не видал меня в этот достопамятный день. Но радость от сознания сделанного добра была, пожалуй, ещё выше гордости и страдала лишь одним недостатком: не была разделена. Впрочем, этот недостаток легко было исправить: у меня был поверенный. В этой почётной должности состоял наш дворник Василий, молодой, весёлый и плутоватый парень, бывший, как я впоследствии убедился, далеко не бескорыстным другом, так как всякий прилив дружеской откровенности с моей стороны окупался обыкновенно десятком папирос из отцовского ящика. На этот раз, однако, я был обманут. Мой трогательный рассказ о бедном Алёше и рубле вызвал в Василье неистощимое и обидное для моего самолюбия веселье. Даже тёзка Василия — мерин Васька (приютом нашей дружбы служила конюшня) — оглянулся и фыркнул, до того выразительно и громко грохотал Василий! Выждав окончания этой неприличной весёлости, я в вежливых выражениях попросил разъяснить мне причину смеха. Боже, какое разочарование! Оказалось, что Алёша живёт у известной всей Пушкарной Акулины, которая посылает его собирать копеечки, и если копеечек набирается достаточно, совершается на них пьянство и дебош. И следовательно, мой рубль...

— Поди-ка, сейчас посмотри! Вот, небось, задувают... И вас похваливают!..

Представление о весьма вероятных, но мало лестных похвалах, которыми должна была осыпать меня Акулина, погрузило Василия в целый океан смеха, вынырнув из которого он выразил прямое намерение идти к кухарке, у которой он тоже состоял поверенным, и посвятить её в мою тайну.

Однако я воспротивился этому и путём красноречия, а главным образом обещания поставлять папиросы в таком количестве, что осуществление этого обещания грозило отцу неминуемым банкротством, убедил Василия предпринять вместе со мной небольшую рекогносцировку во владения Акулины.

Жилище Акулины носило название «кадетского корпуса». Что хотели сказать этим пушкари, давшие это прозвище, для меня положительная тайна. Быть может, покосившаяся набок крыша, весьма отдалённо напоминавшая надетую набекрень фуражку, что, как известно, составляет отличие военного звания, дало повод к этому названию, — но кто разберётся в тайниках народного духа? Под этой крышей, несколько схожей со швейцарским шале, благодаря обилию набросанных камней и кирпичей, долженствовавших удерживать на месте дрянную настилку, находились четыре стены. Четыре — это очень важная подробность, так как половину лета изба имела всего три стены. Дело в том, что господин Треплов, супруг Акулины, по профессии более алкоголик, чем штукатур, вознамерился основательно ремонтировать свой замок, с каковой целью поочерёдно вынимал каждую стенку и вставлял хворостиновую. Но так как различные сложные обязанности, связанные с его профессиями, не позволяли ему отдавать много времени этому занятию, то домишко по целым неделям стоял без одной какой-нибудь стены. Особенно интересный вид представлял собой «кадетский корпус», когда была вынута стенка на улицу, и прохожие имели полную возможность наблюдать за течением семейной жизни гг. Трепловых, причём, несомненно, наибольшее количество избранной публики привлекал тот драматический момент, когда Акулина била и укладывала спать своего мужа. В то время я был глубоко убеждён, что нет на свете более носатой, более высокой, более сильной, более страшной и громогласной женщины, чем Акулина. Когда по каким-либо обстоятельствам мне нужно было представить себе ведьму, я совершенно удовлетворялся представлением Акулины, останавливаясь перед одним лишь вопросом: каково же должно быть помело, на котором она летает? Поэтому, подходя к корпусу, я сильно трусил и крепко держал Василия за руку.

Отложив и снова заложив дверь, ибо она относилась к категории тех дверей, которые Митрофанушка называл «прилагательными», и петель не имела, — куда-то опустившись, поднявшись и снова опустившись, мы очутились внутри лачуги. Свет слабо проникал в запылённые и заклеенные бумагой оконца, и мне в первую минуту показалось, что в избе масса народу. Присмотревшись, я убедился, однако, что там было всего трое. Спиной к нам сидела Акулина, а на лавке вокруг стола восседали опухшая девица и молодой человек неопределённых занятий и звания. Возле молодого человека лежала гармоника, но, думается мне, единственно для контенансу, так как между верхней и нижней половиной этого инструмента произошёл видимый и едва ли поправимый разрыв. На грязном столе стояла бутылка водки, валялся раскрошенный хлеб и виднелись остатки селёдки, обычно именуемой пушкарями «кобылой». Алёши не было видно.

— А, Мелит Николаевич! — дружелюбно приветствовала меня Акулина, получавшая от моей матери кое-какое тряпьё. — Садитесь, гостьми будете. От маменьки будете?

— Нет, я так... от себя... Василий, — шепнул я ментору: — спроси, где Алёша.

— Вам Лёшку нужно? — услыхала Акулина. — А на что это он вам?

— Барчук дал ему целковый, — сурово вмешался Василий: — и хочет спросить, куда он его потребил.

— Вот он, Лёша. Спрашивайте сами, — грубо отрезала Акулина.

Молодой человек неопределённого звания усмехнулся и подморгнул мне на вино.

В тёмном углу за печкой на каком-то обрубке сидел Алёша. Обрубок был низок, и колена Алёши подходили к его подбородку. Длинные руки бессильно лежали на коленях. Я наклонился к Алёше и снова встретил молящий, полный тоски взгляд и увидел ту же жалкую, просящую улыбку.

— Алёша, где же деньги? Деньги, которые я тебе дал? Ну, бумажку...

Алёша пошевелил губами и бесстрастно произнёс:

— Она взяла.
— Акулина?
— Да-а.
— А это что у тебя? — заметил я, что одна щека Алёши багрово-красная и под глазами царапина.
— Побила.

Бросив руку Василия, я стал против Акулины и, задыхаясь от охватившего меня гнева, спросил:

— Это он... правду говорит?
— Ну и взяла.
— Как же вы смели?!
— А так и смела. Что же, я его даром буду кормить? Тоже, небось, жрёт, как прорва.
— И вы били его?

Молодой человек, с видимо возраставшим интересом наблюдавший за этой сценой, не выдержал и, размахивая руками, смеясь и захлёбываясь в словах, начал с непонятным восторгом представлять, как била Алёшу Акулина.

— У тебя, грит, что это в кулаке зажато? А Лёшка стоит, как пень, и кулака не разжимает. Акулина-то как хватит...

Но я перебил его и, обращаясь к Акулине, прокричал высоким, у меня самого в ушах отдавшимся голосом:

— Вы, Акулина, подлая женщина! Вы... мерзкая женщина! Я папе скажу, он к губернатору поедет!.. Он... — Но дальше слов у меня не хватило.

— Тише, Мелит Николаевич, не петушись, не побоялись...

Я топнул ногой, хотел кричать что-то, но Василий схватил меня за руку и быстро потащил к дверям. Последнее, что донеслось до меня из хаты, был возглас молодого человека:

— На чаёк бы с вас! — Но потом: — Эх, барин, чай пьёт, а пузо холодное!..

— Но ведь она била его, Василий, била! — кричал я, жмуря изо всех сил глаза и обеими руками дёргая Василия за поддёвку. — Ведь била!

— Ну, нечего, нечего, не плачь. Ему дело привычное...

— Да как привычное! Ведь она сильная, ты не знаешь. Ему больно было...

Василий отвёл меня в наш приют дружбы и долго успокаивал, рассказывая разные небылицы про ум мерина Васьки, обещаясь наказать Акулину и прося не забыть принести папирос. Понемногу я пришёл в себя и решился отправиться в дом, но, уходя, спросил:

— А что это значит: барин чай пьёт, а пузо холодное?

— Да так, — дурак говорит, плюньте.

Но я не удовлетворился этим и долго размышлял, ощупывая живот: «Это и правда, чай я пью горячий, а живот у меня холодный?»

Но эти не лишённые глубокомыслия размышления были нарушены жесточайшим нагоняем, которым наградил меня отец, узнавший всю эту историю с рублём.

Дня через два я снова увидел Алёшу стоявшим у нашего крыльца в той же позе тоскливой безропотности и глубокой, животной покорности судьбе. Длинные большие руки бессильно висели вдоль хилого, понурившегося тела, та же жалкая, просящая улыбка застыла на его губах. Смущённый, потому что мне строго-настрого приказано было бросить эту «затею» с Алёшей, я быстро сбегал на кухню, принёс большой кусок хлеба и, торопливо сунув в руку Алёши, ласково попросил его уходить.

— Ступай, Алёша, голубчик, ступай. Папа не велел ничего тебе давать.

Вероятно, слово «ступай» было знакомо Алёше лучше всяких других, потому что он тотчас же сошёл с крыльца и снова тихой, странной походкой отправился домой. И опять я долго смотрел ему вслед, но на этот раз мне уже не хотелось торопить его, и смутное сознание царящей в мире несправедливости закрадывалось в душу.

С того дня я влюбился в Алёшу. Нельзя дать другого названия тому чувству страстной нежности, какая охватывала меня при представлении его лица, улыбки. В классе на уроках, дома на постели я всё думал о нём, и моё детское сердце, ещё не уставшее любить и страдать, сжималось от горячей жалости. Приходилось мне ещё несколько раз видеть Алёшу, стоящим и безмолвно, терпеливо дожидающим у чьих-нибудь дверей. Скованный строгим приказом, я только издали провожал Алёшу любовным взглядом. С Василием я о нём уже не говорил, так как вместо прежних шуток Василий резко заметил мне, что таких Алёш много и про всех не наплачешься.

Недели через две-три начались морозы, и река стала. С толпой ребятишек, составлявших мою обычную свиту, я отправился на лёд кататься. День был воскресный, погожий, и на берегу толкалось порядочно пьяного, гулящего люда. Кое-где поскрипывала гармоника, невдалеке начиналась драка, — уже вторая по счёту. Но мы, ребята, ничего этого не слышали и не видели, до самозабвения увлечённые своим занятием. Лёд, чистый и гладкий, как зеркало, был ещё совсем тонок, так что брошенный на него камень прыгал со звонким, постепенно стихающим гулом. Местами лёд даже гнулся под ногами, и когда кто-нибудь из нас, задрав ноги кверху, с размаху стукался затылком, на льду образовывалась звезда, в значительной степени утешавшая автора её в понесённой неприятности. Иной малорослый любитель сильных ощущений, а может быть, пытливый ум, желавший исследовать явления в их сущности, пробивал лёд каблуком и глубокомысленно смотрел, как из образовавшегося отверстия била ключом вода и потихоньку подтекала ему под ноги. Благодаря предусмотрительности родителей, сшивших мне пальто «на рост», я был автором наибольшего количества звёзд, рассеянных по льду, и тем более было лестно для моего самолюбия, что после каждого акта творчества я надолго впадал в изнеможение, пытаясь выпутаться из пальто. Находясь в одном из этих состояний, я увидел на берегу Алёшу и бросился со всех ног к нему, в радостном возбуждении забыв о приказе. Но пока, падая и подымаясь, я добирался до него, произошло нечто неожиданное. Алёша стоял на берегу у самого льда, как раз над тем местом, которое именовалось у нас омутом, когда один из ребят, зачем-то выскочивший на берег и вздумавший подшутить, разогнался и изо всех сил бушкнул Алёшу в спину. Наклонясь и вытянув руки вперёд, Алёша вылетел на лёд, проехал сажени две на раскоряченных ногах и упал навзничь. Были ли в этом месте ключи, или лёд был тоньше, чем в других местах, или он просто не мог сдержать тяжести взрослого человека, только Алёша провалился. Дальнейшее свершилось с такой быстротой, что я не успел ещё закрыть широко разинутого рта, когда молодой человек, тот, что был у Акулины, поспешно сбросил с себя самого поддёвку и пиджак и, со словами: «Берегись, душа, ожгу!» — бросился в воду. Через несколько минут окружённый народом Алёша уже стоял на берегу — всё тот же, с теми же бессильно опущенными руками и жалкой улыбкой. Только струившаяся с него вода да дрожание всего тела показывали, что он только сейчас принял холодную ванну и, быть может, избежал смерти, так как провалился он на глубоком месте. Молодого человека его товарищи увели в кабак, причём, уходя, он не преминул попросить у меня на чаёк, а Алёша стоял, окружённый соболезнующей и дающей различные советы толпой, — откуда-то уже поспели появиться и бабы, — дрожал и синел всё больше и больше. Взволнованный, решительный, я протеснился сквозь толпу, взял Алёшу за руку, заявил голосом, не терпящим возражений:

— Пойдём, Алёша, к нам, там тебе и чистое платье дадут, и обсушиться.

Крики в толпе: «Ай да барчук, молодец!» — ничуть не увеличили моей решимости. Твёрдо, поскольку позволяли то полы пальто, шагал я, ведя Алёшу, а за нами следовала толпа, составляя в общем весьма торжественное и внушительное шествие. Некоторые бабы пытались проникнуть к нам и во двор, но, встретив сильную оппозицию со стороны Василия, в порядке отступили.

Кухарка Дарья, молодая, красивая баба-солдатка, встретила нас целым скандалом, но, тронутая моими усиленными просьбами, к которым присоединил свой авторитетный голос и Василий, смягчилась, только сочла необходимым доложить о казусе моей матери. Та разрешила на несколько часов приютить Алёшу и дала даже кое-каких харбаров ему переодеться. Боже, до чего ликовал я! Я решительно терялся, не зная, чем бы выразить свою любовь бедному Алёше, бесстрастно сидевшему на лавке. Я то гладил ему руки, неподвижно лежавшие на коленях, то просил Дарью дать ему ещё поесть, хотел даже почитать ему сказку вслух, но, сообразив, что едва ли он что-нибудь поймёт, остановился на другой, более практической мысли. Отозвав Василия в сторону, я таинственно спросил:

— Василий, а если дать ему папиросу, он будет курить?

— Ну вот ещё! Куда ему с тупым носом да рябину клевать — рябина ягода нежная!..

При последних словах Василий почему-то подмигнул Дарье, а та засмеялась и назвала его «лешим».

Я продолжал вертеться около Алёши и только что хотел предложить ему ещё что-то, когда в кухню вошёл отец, только что вернувшийся домой. Василий, собиравшийся зачем-то обнять Дарью, отскочил от неё и вытянулся. Дарья бросилась к печке, а я обмер. Только Алёша остался неподвижен и бесстрастен.

— Что это ещё?! Убрать его, — сурово произнёс отец.

— Папочка!..

— Я говорил, чтобы этого не было. Василий, отведи его.

Василий шагнул к неподвижному Алёше, но я остановил его, бросился к отцу, схватил за руку и заговорил, захлёбываясь в слезах, целуя эту суровую, но родную руку:

— Папочка, родной, милый... позволь ему остаться... он бедный, он дурачок... Его Акулина бьёт. Папочка, дорогой мой, не гони его — а то я умру. Папочка, не гони. Папочка, не гони!

Мои слёзы уже начали переходить в истерику. Расчувствовавшаяся Дарья, утирая фартуком глаза, осмелилась присоединиться к моей просьбе.

— Ничего, барин, пускай останется, он нам не помешает...

Отец, не отвечая, хмуро смотрел на Алёшу. Как бы под влиянием этого мрачного взгляда Алёша устремил на отца свои полные молчаливой мольбы глаза, и губы его зашевелились:

— Я дурачок... Алёша...

— Папочка!..

— Пускай останется. Но это в последний раз! — сказал отец, тихо-тихо погладив меня по поднятому к нему лицу, и вышел.

На другой день Алёша исчез, и с тех пор я его не видал и не знаю, где он. Может, замёрз под забором, а может быть, и сейчас стоит где-нибудь у парадных дверей и ждёт...

Кусака

I

Она никому не принадлежала; у неё не было собственного имени, и никто не мог бы сказать, где находилась она во всю долгую морозную зиму и чем кормилась. От тёплых изб её отгоняли дворовые собаки, такие же голодные, как и она, но гордые и сильные своею принадлежностью к дому; когда, гонимая голодом или инстинктивною потребностью в общении, она показывалась на улице, — ребята бросали в неё камнями и палками, взрослые весело улюлюкали и страшно, пронзительно свистали. Не помня себя от страху, перемётываясь со стороны на сторону, натыкаясь на загорожи и людей, она мчалась на край посёлка и пряталась в глубине большого сада, в одном ей известном месте. Там она зализывала ушибы и раны и в одиночестве копила страх и злобу.

Только один раз её пожалели и приласкали. Это был пропойца-мужик, возвращавшийся из кабака. Он всех любил и всех жалел и что-то говорил себе под нос о добрых людях и своих надеждах на добрых людей; пожалел он и собаку, грязную и некрасивую, на которую случайно упал его пьяный и бесцельный взгляд.

— Жучка! — позвал он её именем, общим всем собакам. — Жучка! Пойди сюда, не бойся!

Жучке очень хотелось подойти; она виляла хвостом, но не решалась. Мужик похлопал себя рукой по коленке и убедительно повторил:

— Да пойди, дура! Ей-богу, не трону!

Но, пока собака колебалась, всё яростнее размахивая хвостом и маленькими шажками подвигаясь вперёд, настроение пьяного человека изменилось. Он вспомнил все обиды, нанесённые ему добрыми людьми, почувствовал скуку и тупую злобу и, когда Жучка легла перед ним на спину, с размаху ткнул её в бок носком тяжёлого сапога.

— У-у, мразь! Тоже лезет!

Собака завизжала, больше от неожиданности и обиды, чем от боли, а мужик, шатаясь, побрёл домой, где долго и больно бил жену и на кусочки изорвал новый платок, который на прошлой неделе купил ей в подарок.

С тех пор собака не доверяла людям, которые хотели её приласкать, и, поджав хвост, убегала, а иногда со злобою набрасывалась на них и пыталась укусить, пока камнями и палкой не удавалось отогнать её. На одну зиму она поселилась под террасой пустой дачи, у которой не было сторожа, и бескорыстно сторожила её: выбегала по ночам на дорогу и лаяла до хрипоты. Уже улёгшись на своё место, она всё ещё злобно ворчала, но сквозь злобу проглядывало некоторое довольство собой и даже гордость.

Зимняя ночь тянулась долго-долго, и чёрные окна пустой дачи угрюмо глядели на обледеневший неподвижный сад. Иногда в них как будто вспыхивал голубоватый огонёк: то отражалась на стекле упавшая звезда, илиостророгий месяц посылал свой робкий луч.

II

Наступила весна, и тихая дача огласилась громким говором, скрипом колёс и грязным топотом людей, переносящих тяжести. Приехали из города дачники, целая весёлая ватага взрослых, подростков и детей, опьянённых воздухом, теплом и светом; кто-то кричал, кто-то пел, смеялся высоким женским голосом.

Первой, с кем познакомилась собака, была хорошенькая девушка в коричневом форменном платье, выбежавшая в сад. Жадно и нетерпеливо, желая охватить и сжать в своих объятиях всё видимое, она посмотрела на ясное небо, на красноватые сучья вишен и быстро легла на траву, лицом к горячему солнцу. Потом так же внезапно вскочила и, обняв себя руками, целуя свежими устами весенний воздух, выразительно и серьёзно сказала:

— Вот весело-то!

Сказала и быстро закружилась. И в ту же минуту беззвучно подкравшаяся собака яростно вцепилась зубами в раздувавшийся подол платья, рванула и так же беззвучно скрылась в густых кустах крыжовника и смородины.

— Ай, злая собака! — убегая, крикнула девушка, и долго ещё слышался её взволнованный голос: — Мама, дети! Не ходите в сад: там собака! Огромная!.. Злю-у-щая!..

Ночью собака подкралась к заснувшей даче и бесшумно улеглась на своё место под террасой. Пахло людьми, и в открытые окна приносились тихие звуки короткого дыхания. Люди спали, были беспомощны и не страшны, и собака ревниво сторожила их: спала одним глазом и при каждом шорохе вытягивала голову с двумя неподвижными огоньками фосфорически светящихся глаз. А тревожных звуков было много в чуткой весенней ночи: в траве шуршало что-то невидимое, маленькое и подбиралось к самому лоснящемуся носу собаки; хрустела прошлогодняя ветка под заснувшей птицей, и на близком шоссе грохотала телега и скрипели нагруженные возы. И далеко окрест в неподвижном воздухе расстилался запах душистого, свежего дёгтя и манил в светлеющую даль.

Приехавшие дачники были очень добрыми людьми, а то, что они были далеко от города, дышали хорошим воздухом, видели вокруг себя всё зелёным, голубым и беззлобным, делало их ещё добрее. Теплом входило в них солнце и выходило смехом и расположением ко всему живущему. Сперва они хотели прогнать напугавшую их собаку и даже застрелить её из револьвера, если не уберётся; но потом привыкли к лаю по ночам и иногда по утрам вспоминали:

— А где же наша Кусака?

И это новое имя «Кусака» так и осталось за ней. Случалось, что и днём замечали в кустах тёмное тело, бесследно пропадавшее при первом движении руки, бросавшей хлеб, — словно это был не хлеб, а камень, — и скоро все привыкли к Кусаке, называли её «своей» собакой и шутили по поводу её дикости и беспричинного страха. С каждым днём Кусака на один шаг уменьшала пространство, отделявшее её от людей; присмотрелась к их лицам и усвоила их привычки: за полчаса до обеда уже стояла в кустах и ласково помаргивала. И та же гимназисточка Лёля, забывшая обиду, окончательно ввела её в счастливый круг отдыхающих и веселящихся людей.

— Кусачка, пойди ко мне! — звала она к себе. — Ну, хорошая, ну, милая, пойди! Сахару хочешь?.. Сахару тебе дам, хочешь? Ну, пойди же!

Но Кусака не шла: боялась. И осторожно, похлопывая себя руками и говоря так ласково, как это можно было при красивом голосе и красивом лице, Лёля подвигалась к собаке и сама боялась: вдруг укусит.

— Я тебя люблю, Кусачка, я тебя очень люблю. У тебя такой хорошенький носик и такие выразительные глазки. Ты не веришь мне, Кусачка?

Брови Лёли поднялись, и у самой у неё был такой хорошенький носик и такие выразительные глаза, что солнце поступило умно, расцеловав горячо, до красноты щёк, всё её молоденькое, наивно-прелестное личико.

И Кусачка второй раз в своей жизни перевернулась на спину и закрыла глаза, не зная наверно, ударят её или приласкают. Но её приласкали. Маленькая, тёплая рука прикоснулась нерешительно к шершавой голове и, словно это было знаком неотразимой власти, свободно и смело забегала по всему шерстистому телу, тормоша, лаская и щекоча.

— Мама, дети! Глядите: я ласкаю Кусаку! — закричала Лёля.

Когда прибежали дети, шумные, звонкоголосые, быстрые и светлые, как капельки разбежавшейся ртути, Кусака замерла от страха и беспомощного ожидания: она знала, что, если теперь кто-нибудь ударит её, она уже не в силах будет впиться в тело обидчика своими острыми зубами: у неё отняли её непримиримую злобу. И когда все наперерыв стали ласкать её, она долго ещё вздрагивала при каждом прикосновении ласкающей руки, и ей больно было от непривычной ласки, словно от удара.

III

Всею своею собачьей душою расцвела Кусака. У неё было имя, на которое она стремглав неслась из зелёной глубины сада; она принадлежала людям и могла им служить. Разве недостаточно этого для счастья собаки?

С привычкою к умеренности, создавшеюся годами бродячей, голодной жизни, она ела очень мало, но и это малое изменило её до неузнаваемости: длинная шерсть, прежде висевшая рыжими, сухими космами и на брюхе вечно покрытая засохшею грязью, очистилась, почернела и стала лосниться, как атлас. И когда она от нечего делать

выбегала к воротам, становилась у порога и важно осматривала улицу вверх и вниз, никому уже не приходило в голову дразнить её или бросить камнем.

Но такою гордою и независимою она бывала только наедине. Страх не совсем ещё выпарился огнём ласк из её сердца, и всякий раз при виде людей, при их приближении, она терялась и ждала побоев. И долго ещё всякая ласка казалась ей неожиданностью, чудом, которого она не могла понять и на которое она не могла ответить. Она не умела ласкаться. Другие собаки умеют становиться на задние лапки, тереться у ног и даже улыбаться, и тем выражают свои чувства, но она не умела.

Единственное, что могла Кусака, это упасть на спину, закрыть глаза и слегка завизжать. Но этого было мало, это не могло выразить её восторга, благодарности и любви, — и с внезапным наитием Кусака начала делать то, что, быть может, когда-нибудь она видела у других собак, но уже давно забыла. Она нелепо кувыркалась, неуклюже прыгала и вертелась вокруг самой себя, и её тело, бывшее всегда таким гибким и ловким, становилось неповоротливым, смешным и жалким.

— Мама, дети! Смотрите, Кусака играет! — кричала Лёля и, задыхаясь от смеха, просила: — Ещё, Кусачка, ещё! Вот так! Вот так...

И все собирались и хохотали, а Кусака вертелась, кувыркалась и падала, и никто не видел в её глазах странной мольбы. И как прежде на собаку кричали и улюлюкали, чтобы видеть её отчаянный страх, так теперь нарочно ласкали её, чтобы вызвать в ней прилив любви, бесконечно-смешной в своих неуклюжих и нелепых проявлениях. Не проходило часа, чтобы кто-нибудь из подростков или детей не кричал:

— Кусачка, милая Кусачка, поиграй!

И Кусачка вертелась, кувыркалась и падала при несмолкаемом весёлом хохоте. Её хвалили при ней и за глаза и жалели только об одном, что при посторонних людях, приходивших в гости, она не хочет показать своих штук и убегает в сад или прячется под террасой.

Постепенно Кусака привыкла к тому, что о пище не нужно заботиться, так как в определённый час кухарка даст ей помоев и костей, уверенно и спокойно ложилась на своё место под террасой и уже искала и просила ласк. И отяжелела она: редко бегала с дачи, и когда маленькие дети звали её с собою в лес, уклончиво виляла хвостом и незаметно исчезала. Но по ночам всё так же громок и бдителен был её сторожевой лай.

IV

Жёлтыми огнями загорелась осень, частыми дождями заплакало небо, и быстро стали пустеть дачи и умолкать, как будто непрерывный дождь и ветер гасили их, точно свечи, одну за другой.

— Как же нам быть с Кусакой? — в раздумье спрашивала Лёля.

Она сидела, охватив руками колени, и печально глядела в окно, по которому скатывались блестящие капли начавшегося дождя.

— Что у тебя за поза, Лёля! Ну кто так сидит? — сказала мать и добавила: — А Кусаку придётся оставить. Бог с ней!

— Жа-а-лко, — протянула Лёля.

— Ну что поделаешь? Двора у нас нет, а в комнатах её держать нельзя, ты сама понимаешь.

— Жа-а-лко, — повторила Лёля, готовая заплакать.

Уже приподнялись, как крылья ласточки, её тёмные брови и жалко сморщился хорошенький носик, когда мать сказала:

— Догаевы давно уже предлагали мне щеночка. Говорят, очень породистый и уже служит. Ты слышишь меня? А эта что — дворняжка!

— Жа-а-лко, — повторила Лёля, но не заплакала.

Снова пришли незнакомые люди, и заскрипели возы, и застонали под тяжёлыми шагами половицы, но меньше было говора и совсем не слышно было смеха. Напуганная чужими людьми, смутно предчувствуя беду, Кусака убежала на край сада и оттуда, сквозь поредевшие кусты, неотступно глядела на видимый ей уголок террасы и на сновавшие по нём фигуры в красных рубахах.

— Ты здесь, моя бедная Кусачка, — сказала вышедшая Лёля. Она уже была одета по-дорожному — в то коричневое платье, кусок от которого оторвала Кусака, и чёрную кофточку. — Пойдём со мной!

И они вышли на шоссе. Дождь то принимался идти, то утихал, и всё пространство между почерневшею землёй и небом было полно клубящимися, быстро идущими облаками. Снизу было видно, как тяжелы они и непроницаемы для света от насытившей их воды и как скучно солнцу за этою плотною стеной.

Налево от шоссе тянулось потемневшее жнивьё, и только на бугристом и близком горизонте одинокими купами поднимались невысокие разрозненные деревья и кусты. Впереди, недалеко, была застава и возле неё трактир с железной красной крышей, а у трактира кучка людей дразнила деревенского дурачка Илюшу.

— Дайте копеечку, — гнусавил протяжно дурачок, и злые, насмешливые голоса наперебой отвечали ему:

— А дрова колоть хочешь?

И Илюша цинично и грязно ругался, а они без веселья хохотали.

Прорвался солнечный луч, жёлтый и анемичный, как будто солнце было неизлечимо больным; шире и печальнее стала туманная осенняя даль.

— Скучно, Кусака! — тихо проронила Лёля и, не оглядываясь, пошла назад.

И только на вокзале она вспомнила, что не простилась с Кусакой.

V

Кусака долго металась по следам уехавших людей, добежала до станции и — промокшая, грязная — вернулась на дачу. Там она проделала ещё одну новую штуку, которой никто, однако, не видал: первый раз взошла на террасу и, приподнявшись на задние лапы, заглянула в стеклянную дверь и даже поскребла когтями. Но в комнатах было пусто, и никто не ответил Кусаке.

Поднялся частый дождь, и отовсюду стал надвигаться мрак осенней длинной ночи. Быстро и глухо он заполнил пустую дачу; бесшумно выползал он из кустов и вместе с дождём лился с неприветного неба. На террасе, с которой была снята парусина, отчего она казалась обширной и странно пустой, свет долго ещё боролся с тьмою и печально озарял следы грязных ног, но скоро уступил и он.

Наступила ночь.

И когда уже не было сомнений, что она наступила, собака жалобно и громко завыла. Звенящей, острой, как отчаяние, нотой ворвался этот вой в монотонный, угрюмо покорный шум дождя, прорезал тьму и, замирая, понёсся над тёмным и обнажённым полем.

Собака выла — ровно, настойчиво и безнадёжно спокойно. И тому, кто слышал этот вой, казалось, что это стонет и рвётся к свету сама беспросветно-тёмная ночь, и хотелось в тепло, к яркому огню, к любящему женскому сердцу.

Собака выла.

Ангелочек

I

Временами Сашке хотелось перестать делать то, что называется жизнью: не умываться по утрам холодной водой, в которой плавают тоненькие пластинки льда, не ходить в гимназию, не слушать там, как все его ругают, и не испытывать боли в пояснице и во всём теле, когда мать ставит его на целый вечер на колени. Но так как ему было тринадцать лет и он не знал всех способов, какими люди перестают жить, когда захотят этого, то он продолжал ходить в гимназию и стоять на коленках, и ему казалось, что жизнь никогда не кончится. Пройдёт год, и ещё год, и ещё год, а он будет ходить в гимназию и стоять дома на коленках. И так как Сашка обладал непокорной и смелой душой, то он не мог спокойно отнестись ко злу и мстил жизни. Для этой цели он бил товарищей, грубил начальству, рвал учебники и целый день лгал то учителям, то матери, не лгал он только одному отцу. Когда в драке ему расшибали нос, он нарочно расковыривал его ещё больше и орал без слёз, но так громко, что все испытывали неприятное ощущение, морщились и затыкали уши. Проорав сколько нужно, он сразу умолкал, показывал язык и рисовал в черновой тетрадке карикатуру на себя, как орёт, на надзирателя, заткнувшего уши, и на дрожащего от страха победителя. Вся тетрадка заполнена была карикатурами, и чаще всех повторялась такая: толстая и низенькая женщина била скалкой тонкого, как спичка, мальчика. Внизу крупными и неровными буквами чернела подпись: «Проси прощенья, щенок», — и ответ: «Не попрошу, хоть тресни». Перед Рождеством Сашку выгнали из гимназии, и, когда мать стала бить его, он укусил её за палец. Это дало ему свободу, и он бросил умываться по утрам, бегал целый день с ребятами, и бил их, и боялся одного голода, так как мать перестала совсем кормить его, и только отец прятал для него хлеб и картошку. При этих условиях Сашка находил существование возможным.

В пятницу, накануне Рождества, Сашка играл с ребятами, пока они не разошлись по домам и не проскрипела ржавым, морозным скрипом калитка за последним из них. Уже темнело, и с поля, куда выходил одним концом глухой переулок, надвигалась серая снежная мгла; в низеньком чёрном строении, стоявшем поперёк улицы, на выезде, зажёгся красноватый, немигающий огонёк. Мороз усилился, и, когда Сашка проходил в светлом круге, который образовался от зажжённого фонаря, он видел медленно реявшие в воздухе маленькие сухие снежинки. Приходилось идти домой.

— Где полуночничаешь, щенок? — крикнула на него мать, замахнулась кулаком, но не ударила.

Рукава у неё были засучены, обнажая белые, толстые руки, и на безбровом, плоском лице выступали капли пота. Когда Сашка проходил мимо неё, он почувствовал знакомый запах водки. Мать почесала в голове толстым указательным пальцем с коротким и грязным ногтем и, так как браниться было некогда, только плюнула и крикнула:

— Статистики, одно слово!

Сашка презрительно шморгнул носом и прошёл за перегородку, где слышалось тяжёлое дыханье отца, Ивана Саввича. Ему всегда было холодно, и он старался согреться, сидя на раскалённой лежанке и подкладывая под себя руки ладонями книзу.

— Сашка! А тебя Свечниковы на ёлку звали. Горничная приходила, — прошептал он.

— Врёшь? — спросил с недоверием Сашка.

— Ей-богу. Эта ведьма нарочно ничего не говорит, а уж и куртку приготовила.

— Врёшь? — всё больше удивлялся Сашка.

Богачи Свечниковы, определившие его в гимназию, не велели после его исключения показываться к ним. Отец ещё раз побожился, и Сашка задумался.

— Ну-ка подвинься, расселся! — сказал он отцу, прыгая на коротенькую лежанку, и добавил: — А к этим чертям я не пойду. Жирны больно станут, если ещё я к ним пойду. «Испорченный мальчик», — протянул Сашка в нос. — Сами хороши, антипы толсторожие.

— Ах, Сашка, Сашка! — поёжился от холода отец. — Не сносить тебе головы.

— А ты-то сносил? — грубо возразил Сашка. — Молчал бы уж: бабы боится. Эх, тюря!¹

Отец сидел молча и ёжился. Слабый свет проникал через широкую щель вверху, где перегородка на четверть не доходила до потолка, и светлым пятном ложился на его высокий лоб, под которым чернели глубокие глазные впадины. Когда-то Иван Саввич сильно пил водку, и тогда жена боялась и ненавидела его. Но, когда он начал харкать кровью и не мог больше пить, стала пить она, постепенно привыкая к водке. И тогда она выместила всё, что ей пришлось выстрадать от высокого узкогрудого человека, который говорил непонятные слова, выгонялся за строптивость и пьянство со службы и наводил к себе таких же длинноволосых безобразников и гордецов, как и он сам. В противоположность мужу она здоровела по мере того, как пила, и кулаки её всё тяжелели. Теперь она говорила, что хотела, теперь она водила к себе мужчин и женщин, каких хотела, и громко пела с ними весёлые песни. А он лежал за перегородкой, молчаливый, съёжившийся от постоянного озноба, и думал о несправедливости и ужасе человеческой жизни. И всем, с кем ни приходилось говорить жене Ивана Саввича, она

---

¹ Тю́ря — холодная хлебная окрошка.

жаловалась, что нет у неё на свете таких врагов, как муж и сын: оба гордецы и статистики.

Через час мать говорила Сашке:

— А я тебе говорю, что ты пойдёшь! — И при каждом слове Феоктиста Петровна ударяла кулаком по столу, на котором вымытые стаканы прыгали и звякали друг о друга.

— А я тебе говорю, что не пойду, — хладнокровно отвечал Сашка, и углы губ его подёргивались от желания оскалить зубы. В гимназии за эту привычку его звали волчонком.

— Изобью я тебя, ох как изобью! — кричала мать.

— Что же, избей!

Феоктиста Петровна знала, что бить сына, который стал кусаться, она уже не может, а если выгнать на улицу, то он отправится шататься и скорей замёрзнет, чем пойдёт к Свечниковым; поэтому она прибегла к авторитету мужа.

— А ещё отец называется: не может мать от оскорблений оберечь.

— Правда, Сашка, ступай, что ломаешься? — отозвался тот с лежанки. — Они, может быть, опять тебя устроят. Они люди добрые.

Сашка оскорбительно усмехнулся. Отец давно, до Сашкина ещё рождения, был учителем у Свечниковых и с тех пор думал, что они самые хорошие люди. Тогда он ещё служил в земской статистике и ничего не пил. Разошёлся он с ними после того, как женился на забеременевшей от него дочери квартирной хозяйки, стал пить и опустился до такой степени, что его, пьяного, поднимали на улице и отвозили в участок. Но Свечниковы продолжали помогать ему деньгами, и Феоктиста Петровна, хотя ненавидела их, как книги и всё, что связывалось с прошлым её мужа, дорожила знакомством и хвалилась им.

— Может быть, и мне что-нибудь с ёлки принесёшь, — продолжал отец.

Он хитрил, — Сашка понимал это и презирал отца за слабость и ложь, но ему действительно захотелось что-нибудь принести больному и жалкому человеку. Он давно уже сидит без хорошего табаку.

— Ну, ладно! — буркнул он. — Давай, что ли, куртку. Пуговицы пришила? А то ведь я тебя знаю!

II

Детей ещё не пускали в залу, где находилась ёлка, и они сидели в детской и болтали. Сашка с презрительным высокомерием прислушивался к их наивным речам и ощупывал в кармане брюк уже переломавшиеся папиросы, которые удалось ему стащить из кабинета хозяина. Тут подошёл к нему самый маленький Свечников, Коля, и остановился неподвижно и с видом изумления, составив ноги носками внутрь и положив палец на угол пухлых губ. Месяцев шесть тому назад он бросил, по настоянию родственников, скверную привычку класть палец в рот, но совершенно отказаться от этого жеста ещё не мог. У него были белые волосы, подрезанные на лбу и завитками спадавшие на плечи, и голубые удивлённые глаза, и по всему своему виду он принадлежал к мальчикам, которых особенно преследовал Сашка.

— Ты неблагодалный мальчик? — спросил он Сашку. — Мне мисс сказала. А я холосой.

— Уж на что же лучше! — ответил тот, осматривая коротенькие бархатные штанишки и большой откладной воротничок.

— Хочешь лузьё? На! — протянул мальчик ружьё с привязанной к нему пробкой.

Волчонок взвёл пружину и, прицелившись в нос ничего не подозревавшего Коли, дёрнул собачку. Пробка ударилась по носу и отскочила, болтаясь на нитке. Голубые глаза Коли раскрылись ещё шире, и в них показались слёзы. Передвинув палец от губ к покрасневшему носику, Коля часто заморгал длинными ресницами и зашептал:

— Злой... Злой мальчик.

В детскую вошла молодая, красивая женщина с гладко зачёсанными волосами, скрывавшими часть ушей. Это была сестра хозяйки, та самая, с которой занимался когда-то Сашкин отец.

— Вот этот, — сказала она, показывая на Сашку сопровождавшему её лысому господину. — Поклонись же, Саша, нехорошо быть таким невежливым.

Но Сашка не поклонился ни ей, ни лысому господину. Красивая дама не подозревала, что он знает многое. Знает, что жалкий отец его любил её, а она вышла за другого, и, хотя это случилось после того, как он женился сам, Сашка не мог простить измены.

— Дурная кровь, — вздохнула Софья Дмитриевна. — Вот не можете ли, Платон Михайлович, устроить его? Муж говорит, что ремесленное ему больше подходит, чем гимназия. Саша, хочешь в ремесленное?

— Не хочу, — коротко ответил Сашка, слышавший слово «муж».

— Что же, братец, в пастухи хочешь? — спросил господин.

— Нет, не в пастухи, — обиделся Сашка.

— Так куда же?

Сашка не знал, куда он хочет.

— Мне всё равно, — ответил он, подумав, — хоть и в пастухи.

Лысый господин с недоумением рассматривал странного мальчика. Когда с заплатанных сапог он перевёл глаза на лицо Сашки, последний высунул язык и опять спрятал его так быстро, что Софья Дмитриевна ничего не заметила, а пожилой господин пришёл в непонятное ей раздражительное состояние.

— Я хочу и в ремесленное, — скромно сказал Сашка.

Красивая дама обрадовалась и подумала, вздохнув, о той силе, какую имеет над людьми старая любовь.

— Но едва ли вакансия найдётся, — сухо заметил пожилой господин, избегая смотреть на Сашку и приглаживая поднявшиеся на затылке волосики. — Впрочем, мы ещё посмотрим.

Дети волновались и шумели, нетерпеливо ожидая ёлки. Опыт с ружьём, проделанный мальчиком, внушавшим к себе уважение ростом и репутацией испорченного, нашёл себе подражателей, и несколько кругленьких носиков уже покраснело. Девочки смеялись, прижимая обе руки к груди и перегибаясь, когда их рыцари, с презрением к страху и боли, но морщась от ожидания, получали удары пробкой. Но вот открылись двери, и чей-то голос сказал:

— Дети, идите! Тише, тише!

Заранее вытаращив глазёнки и затаив дыхание, дети чинно, по паре, входили в ярко освещённую залу и тихо обходили сверкающую ёлку. Она бросала сильный свет, без теней, на их лица с округлившимися глазами и губками. Минуту царила тишина глубокого очарования, сразу сменившаяся хором восторженных восклицаний. Одна из девочек не в силах была овладеть охватившим её восторгом и упорно и молча прыгала на одном месте; маленькая косичка со вплетённой голубой ленточкой хлопала по её плечам. Сашка был угрюм и печален, — что-то нехорошее творилось в его маленьком изъязвлённом сердце. Ёлка ослепляла его своей красотой и крикливым, наглым блеском бесчисленных свечей, но она была чуждой ему, враждебной, как и столпившиеся вокруг неё чистенькие, красивые дети, и ему хотелось толкнуть её так, чтобы она повалилась на эти светлые головки. Казалось, что чьи-то железные руки взяли его сердце и выжимают из него последнюю каплю крови. Забившись за рояль, Сашка сел там в углу, бессознательно доламывал в кармане последние папиросы и думал, что у него есть отец, мать, свой дом, а выходит так, как будто ничего этого нет и ему некуда идти. Он пытался представить себе перочинный ножичек, который он недавно выменял и очень сильно любил, но ножичек стал очень плохой, с тоненьким сточенным лезвием и только с половиной жёлтой костяшки. Завтра он сломает ножичек, и тогда у него уже ничего не останется.

Но вдруг узенькие глаза Сашки блеснули изумлением, и лицо мгновенно приняло обычное выражение дерзости и самоуверенности. На обращённой к нему стороне ёлки, которая была освещена слабее других и составляла её изнанку, он увидел то, чего не хватало в картине его жизни и без чего кругом было так пусто, точно окружающие люди неживые. То был восковой ангелочек, небрежно повешенный в гуще тёмных ветвей и словно реявший по воздуху. Его прозрачные стрекозиные крылышки трепетали от падавшего на них света, и весь он казался живым и готовым улететь. Розовые ручки с изящно сделанными пальцами протягивались кверху, и за ними тянулась головка с такими же волосами, как у Коли. Но было в ней другое, чего лишено было лицо Коли и все другие лица и вещи. Лицо ангелочка не блистало радостью, не туманилось печалью, но лежала на нём печать иного чувства, не передаваемого словами, не определяемого мыслью и доступного для понимания лишь такому же чувству. Сашка не сознавал, какая тайная сила влекла его к ангелочку, но чувствовал, что он всегда знал его и всегда любил, любил больше, чем перочинный ножичек, больше, чем отца, и больше, чем всё остальное. Полный недоумения, тревоги, непонятного восторга, Сашка сложил руки у груди и шептал:

— Милый... милый ангелочек!

И чем внимательнее он смотрел, тем значительнее, важнее становилось выражение ангелочка. Он был бесконечно далёк и непохож на всё, что его здесь окружало. Другие игрушки как будто гордились тем, что они висят, нарядные, красивые, на этой сверкающей ёлке, а он был грустен и боялся яркого назойливого света и нарочно скрылся в тёмной зелени, чтобы никто не видел его. Было бы безумной жестокостью прикоснуться к его нежным крылышкам.

— Милый... милый! — шептал Сашка.

Голова Сашкина горела. Он заложил руки за спину и в полной готовности к смертельному бою за ангелочка прохаживался осторожными и крадущимися шагами; он не смотрел на ангелочка, чтобы не привлечь на него внимания других, но чувствовал, что он ещё здесь, не улетел. В дверях показалась хозяйка — важная высокая дама с светлым ореолом седых, высоко зачёсанных волос. Дети окружили её с выражением своего восторга, а маленькая девочка, та, что прыгала, утомлённо повисла у неё на руке и тяжело моргала сонными глазками. Подошёл и Сашка. Горло его перехватывало.

— Тётя, а тётя, — сказал он, стараясь говорить ласково, но выходило ещё более грубо, чем всегда. — Тё... Тётечка.

Она не слыхала, и Сашка нетерпеливо дёрнул её за платье.

— Чего тебе? Зачем ты дёргаешь меня за платье? — удивилась седая дама. — Это невежливо.

— Тё... тётечка. Дай мне одну штуку с ёлки, — ангелочка.

— Нельзя, — равнодушно ответила хозяйка. — Ёлку будем на Новый год разбирать. И ты уже не маленький и можешь звать меня по имени, Марьей Дмитриевной.

Сашка чувствовал, что он падает в пропасть, и ухватился за последнее средство.

— Я раскаиваюсь. Я буду учиться, — отрывисто говорил он.

Но эта формула, оказывавшая благотворное влияние на учителей, на седую даму не произвела впечатления.

— И хорошо сделаешь, мой друг, — ответила она так же равнодушно.

Сашка грубо сказал:

— Дай ангелочка.

— Да нельзя же! — говорила хозяйка. — Как ты этого не понимаешь?

Но Сашка не понимал, и, когда дама повернулась к выходу, Сашка последовал за ней, бессмысленно глядя на её чёрное, шелестящее платье. В его горячечно работавшем мозгу мелькнуло воспоминание, как один гимназист его класса просил учителя поставить тройку, а когда получил отказ, стал перед учителем на колени, сложил руки ладонь к ладони, как на молитве, и заплакал. Тогда учитель рассердился, но тройку всё-таки поставил. Своевременно Сашка увековечил эпизод в карикатуре, но теперь иного средства не оставалось. Сашка дёрнул тётку за платье и, когда она обернулась, упал со стуком на колени и сложил руки вышеупомянутым способом. Но заплакать не мог.

— Да ты с ума сошёл! — воскликнула седая дама и оглянулась: по счастью, в кабинете никого не было. — Что с тобой?

Стоя на коленях, со сложенными руками, Сашка с ненавистью посмотрел на неё и грубо потребовал:

— Дай ангелочка!

Глаза Сашкины, впившиеся в седую даму и ловившие на её губах первое слово, которое они произнесут, были очень нехороши, и хозяйка поспешила ответить:

— Ну, дам, дам. Ах, какой ты глупый! Конечно, я дам тебе, что ты просишь, но почему ты не хочешь подождать до Нового года? Да вставай же! И никогда, — поучительно добавила седая дама, — не становись на колени: это унижает человека. На колени можно становиться только перед Богом.

«Толкуй там», — думал Сашка, стараясь опередить тётку и наступая ей на платье.

Когда она сняла игрушку, Сашка впился в неё глазами, болезненно сморщил нос и растопырил пальцы. Ему казалось, что высокая дама сломает ангелочка.

— Красивая вещь, — сказала дама, которой стало жаль изящной и, по-видимому, дорогой игрушки. — Кто это повесил её сюда? Ну, послушай, зачем эта игрушка тебе? Ведь ты такой большой, что будешь ты с нею делать?.. Вон там книги есть, с рисунками. А это я обещала Коле отдать, он так просил, — солгала она.

Терзания Сашки становились невыносимыми. Он судорожно стиснул зубы и, показалось, даже скрипнул ими. Седая дама больше всего боялась сцен и потому медленно протянула к Сашке ангелочка.

— Ну, нá уж, нá, — с неудовольствием сказала она. — Какой настойчивый!

Обе руки Сашки, которыми он взял ангелочка, казались цепкими и напряжёнными, как две стальные пружины, но такими мягкими и осторожными, что ангелочек мог вообразить себя летящим по воздуху.

— А-ах! — вырвался продолжительный, замирающий вздох из груди Сашки, и на глазах его сверкнули две маленькие слезинки и остановились там, непривычные к свету.

Медленно приближая ангелочка к своей груди, он не сводил сияющих глаз с хозяйки и улыбался тихой и кроткой улыбкой, замирая в чувстве неземной радости. Казалось, что когда нежные крылышки ангелочка прикоснутся к впалой груди Сашки, то случится что-то такое радостное, такое светлое, какого никогда ещё не происходило на печальной, грешной и страдающей земле.

— А-ах! — пронёсся тот же замирающий стон, когда крылышки ангелочка коснулись Сашки.

И перед сиянием его лица словно потухла сама нелепо разукрашенная, нагло горящая ёлка, — и радостно улыбнулась седая, важная дама, и дрогнул сухим лицом лысый господин, и замерли в живом молчании дети, которых коснулось веяние человеческого счастья. И в этот короткий момент все заметили загадочное сходство между неуклюжим, выросшим из своего платья гимназистом и одухотворённым рукой неведомого художника личиком ангелочка.

Но в следующую минуту картина резко изменилась. Съёжившись, как готовящаяся к прыжку пантера, Сашка мрачным взглядом обводил окружающих, ища того, кто осмелится отнять у него ангелочка.

— Я домой пойду, — глухо сказал Сашка, намечая путь в толпе. — К отцу.

III

Мать спала, обессилев от целого дня работы и выпитой водки. В маленькой комнатке, за перегородкой, горела на столе кухонная лампочка, и слабый желтоватый свет её с трудом проникал через закопчённое стекло, бросая странные тени на лицо Сашки и его отца.

— Хорош? — спрашивал шёпотом Сашка.

Он держал ангелочка в отдалении и не позволял отцу дотрогиваться.

— Да, в нём есть что-то особенное, — шептал отец, задумчиво всматриваясь в игрушку.

Его лицо выражало то же сосредоточенное внимание и радость, как и лицо Сашки.

— Ты погляди, — продолжал отец, — он сейчас полетит.

— Видел уже, — торжествующе ответил Сашка. — Думаешь, слепой? А ты на крылышки глянь. Цыц, не трогай!

Отец отдёрнул руку и тёмными глазами изучал подробности ангелочка, пока Саша наставительно шептал:

— Экая, братец, у тебя привычка скверная за всё руками хвататься. Ведь сломать можешь!

На стене вырезывались уродливые и неподвижные тени двух склонившихся голов: одной большой и лохматой, другой маленькой и круглой. В большой голове происходила странная, мучительная, но в то же время радостная работа. Глаза, не мигая, смотрели на ангелочка, и под этим пристальным взглядом он становился больше и светлее, и крылышки его начинали трепетать бесшумным трепетаньем, а всё окружающее — бревенчатая, покрытая копотью стена, грязный стол, Сашка, — всё это сливалось в одну ровную серую массу, без теней, без света. И чудилось погибшему человеку, что он услышал жалеющий голос из того чудного мира, где он жил когда-то и откуда был навеки изгнан. Там не знают о грязи и унылой брани, о тоскливой, слепо-жестокой борьбе эгоизмов; там не знают о муках человека, поднимаемого со смехом на улице, избиваемого грубыми руками сторожей. Там чисто, радостно и светло, и всё это чистое нашло приют в душе её, той, которую он любил больше жизни и потерял, сохранив ненужную жизнь. К запаху воска, шедшему от игрушки, примешивался неуловимый аромат, и чудилось погибшему человеку, как прикасались к ангелочку её дорогие пальцы, которые он хотел бы целовать по одному и так долго, пока смерть не

сомкнёт его уста навсегда. Оттого и была так красива эта игрушечка, оттого и было в ней что-то особенное, влекущее к себе, не передаваемое словами. Ангелочек спустился с неба, на котором была его душа, и внёс луч света в сырую, пропитанную чадом комнату и в чёрную душу человека, у которого было отнято всё: и любовь, и счастье, и жизнь.

И рядом с глазами отжившего человека сверкали глаза начинающего жить и ласкали ангелочка. И для них исчезло настоящее и будущее: и вечно печальный и жалкий отец, и грубая, невыносимая мать, и чёрный мрак обид, жестокостей, унижений и злобствующей тоски. Бесформенны, туманны были мечты Сашки, но тем глубже волновали они его смятенную душу. Всё добро, сияющее над миром, всё глубокое горе и надежду тоскующей о Боге души впитал в себя ангелочек, и оттого он горел таким мягким божественным светом, оттого трепетали бесшумным трепетаньем его прозрачные стрекозиные крылышки.

Отец и сын не видели друг друга; по-разному тосковали, плакали и радовались их больные сердца, но было что-то в их чувстве, что сливало воедино сердца и уничтожало бездонную пропасть, которая отделяет человека от человека и делает его таким одиноким, несчастным и слабым. Отец несознаваемым движением положил руку на шею сына, и голова последнего так же невольно прижалась к чахоточной груди.

— Это она дала тебе? — прошептал отец, не отводя глаз от ангелочка.

В другое время Сашка ответил бы грубым отрицанием, но теперь в душе его сам собой прозвучал ответ, и уста спокойно произнесли заведомую ложь.

— А то кто же? Конечно, она.

Отец молчал; замолк и Сашка. Что-то захрипело в соседней комнате, затрещало, на миг стихло, и часы бойко и торопливо отчеканили: час, два, три.

— Сашка, ты видишь когда-нибудь сны? — задумчиво спросил отец.

— Нет, — сознался Сашка. — А, нет, раз видел: с крыши упал. За голубями лазили, я и сорвался.

— А я постоянно вижу. Чудны́е бывают сны. Видишь всё, что было, любишь и страдаешь, как наяву...

Он снова замолк, и Сашка почувствовал, как задрожала рука, лежавшая на его шее. Всё сильнее дрожала и дергалась она, и чуткое безмолвие ночи внезапно нарушилось всхлипывающим, жалким звуком сдерживаемого плача. Сашка сурово задвигал бровями и осторожно, чтобы не потревожить тяжёлую, дрожащую руку, сковырнул с глаза слезинку. Так странно было видеть, как плачет большой и старый человек.

— Ах, Саша, Саша! — всхлипывал отец. — Зачем всё это?

— Ну, что ещё? — сурово прошептал Сашка. — Совсем, ну совсем как маленький.

— Не буду... не буду, — с жалкой улыбкой извинился отец. — Что уж... зачем?

Заворочалась на своей постели Феоктиста Петровна. Она вздохнула и забормотала громко и странно-настойчиво: «Дерюжку держи... держи, держи, держи». Нужно было ложиться спать, но до этого устроить на ночь ангелочка. На земле оставлять его было невозможно; он был повешен на ниточке, прикреплённой к отдушине печки, и отчётливо рисовался на белом фоне кафелей. Так его могли видеть оба — и Сашка и отец. Поспешно набросав в угол всякого тряпья, на котором он спал, отец так же быстро разделся и лёг на спину, чтобы поскорее начать смотреть на ангелочка.

— Что же ты не раздеваешься? — спросил отец, зябко кутаясь в прорванное одеяло и поправляя наброшенное на ноги пальто.

— Не к чему. Скоро встану.

Сашка хотел добавить, что ему совсем не хочется спать, но не успел, так как заснул с такой быстротой, точно пошёл ко дну глубокой и быстрой реки. Скоро заснул и отец. Кроткий покой и безмятежность легли на истомлённое лицо человека, который отжил, и смелое личико человека, который ещё только начинал жить.

А ангелочек, повешенный у горячей печки, начал таять. Лампа, оставленная гореть по настоянию Сашки, наполняла комнату запахом керосина и сквозь закопчённое стекло бросала печальный свет на картину медленного разрушения. Ангелочек как будто шевелился. По розовым ножкам его скатывались густые капли и падали на лежанку. К запаху керосина присоединился тяжёлый запах топлёного воска. Вот ангелочек встрепенулся, словно для полёта, и упал с мягким стуком на горячие плиты. Любопытный прусак пробежал, обжигаясь, вокруг бесформенного слитка, взобрался на стрекозиное крылышко и, дёрнув усиками, побежал дальше.

В завешенное окно пробивался синеватый свет начинающегося дня, и на дворе уже застучал железным черпаком зазябший водовоз.

Баргамот и Гараська

Было бы несправедливо сказать, что природа обидела Ивана Акиндиныча Бергамотова, в своей официальной части именовавшегося «городовой бляха № 20», а в неофициальной попросту «Баргамот». Обитатели одной из окраин губернского города Орла, в свою очередь по отношению к месту жительства называвшиеся пушкарями (от названия Пушкарной улицы), а с духовной стороны характеризовавшиеся прозвищем «пушкари — проломленные головы», давая Ивану Акиндиновичу это имя, без сомнения, не имели в виду свойств, присущих столь нежному и деликатному плоду, как бергамот. По своей внешности Баргамот, скорее, напоминал мастодонта или вообще одного из тех милых, но погибших созданий, которые за недостатком помещения давно уже покинули землю, заполненную мозгляками-людишками. Высокий, толстый, сильный, громогласный Баргамот составлял на полицейском горизонте видную фигуру и давно, конечно, достиг бы известных степеней, если бы душа его, сдавленная толстыми стенами, не была погружена в богатырский сон. Внешние впечатления, проходя в душу Баргамота через его маленькие, заплывшие глазки, по дороге теряли всю свою остроту и силу и доходили до места назначения лишь в виде слабых отзвуков и отблесков. Человек с возвышенными требованиями назвал бы его куском мяса, околоточные надзиратели величали его дубиной, хоть и исполнительной, для пушкарей же — наиболее заинтересованных в этом вопросе лиц — он был степенным, серьёзным и солидным человеком, достойным всякого почёта и уважения. То, что знал Баргамот, он знал твёрдо. Пусть это была одна инструкция для городовых, когда-то напряжением всего громадного тела усвоенная им, но зато эта инструкция так глубоко засела в его неповоротливом мозгу, что вытравить её оттуда нельзя было даже крепкой водкой. Не менее прочную позицию занимали в его душе немногие истины, добытые путём житейского опыта и безусловно господствовавшие над местностью. Чего не знал Баргамот, о том он молчал с такой несокрушимой солидностью, что людям знающим становилось как будто немного совестно за своё знание. А самое главное, — Баргамот обладал непомерной силищей, сила же на Пушкарной улице была всё. Населённая сапожниками, пенькотрепалыциками, кустарями-портными и иных свободных профессий представителями, обладая двумя кабаками, воскресеньями и понедельниками, все свои часы досуга Пушкарная посвящала гомерической драке, в которой принимали непосредственное участие жёны, растрёпанные, простоволосые, растаскивавшие мужей, и маленькие ребятишки, с восторгом взиравшие на отвагу тятек. Вся эта буйная волна пьяных пушкарей, как о каменный оплот, разбивалась о непоколебимого Баргамота, забиравшего методически в свои мощные длани пару наиболее отчаянных крикунов и самолично доставлявшего их «за клин». Крикуны покорно вручали свою судьбу в руки Баргамота, протестуя лишь для порядка.

Таков был Баргамот в области международных отношений. В сфере внутренней политики он держался с не меньшим достоинством. Маленькая, покосившаяся хибарка, в которой обитал Баргамот с женой и двумя детишками и которая с трудом вмещала его грузное тело, трясясь от дряхлости и страха за своё существование, когда Баргамот ворочался, — могла быть спокойна если не за свои деревянные устои, то за устои семейного союза. Хозяйственный, рачительный, любивший в свободные дни копаться в огороде, Баргамот был строг. Путём того же физического воздействия он учил жену и детей, не столько сообразуясь с их действительными потребностями в науке, сколько с теми неясными на этот счёт указаниями, которые существовали где-то в закоулке его большой головы. Это не мешало жене его Марье, ещё моложавой и красивой женщине, с одной стороны, уважать мужа как человека степенного и непьющего, а с другой — вертеть им, при всей его грузности, с такой лёгкостью и силой, на которую только и способны слабые женщины.

Часу в десятом тёплого весеннего вечера Баргамот стоял на своём обычном посту, на углу Пушкарной и 3-й Посадской улиц. Настроение Баргамота было скверное. Завтра светлое Христово воскресение, сейчас люди пойдут в церковь, а ему стоять на дежурстве до трёх часов ночи, только к разговинам домой попадёшь. Потребности молиться Баргамот не ощущал, но праздничное, светлое настроение, разлитое по необычайно тихой и спокойной улице, коснулось и его. Ему не нравилось место, на котором он ежедневно спокойно стоял в течение десятка годов: хотелось тоже делать что-нибудь такое праздничное, что делают другие. В виде смутных ощущений поднимались в нём недовольство и нетерпение. Кроме того, он был голоден. Жена нынче совсем не дала ему обедать. Так, только тюри пришлось похлебать. Большой живот настоятельно требовал пищи, разговляться-то когда ещё!

— Тьфу! — плюнул Баргамот, сделав цигарку, и начал нехотя сосать её. Дома у него были хорошие папиросы, презентованные местным лавочником, но и они откладывались до «разговленья».

Вскоре потянулись в церковь и пушкари, чистые, благообразные, в пиджаках и жилетах поверх красных и синих шерстяных рубах, в длинных, с бесконечным количеством юрок сапогах на высоких и острых каблучках. Завтра всему этому великолепию предстояло частью попасть на стойку кабаков, а частью быть разорванным в дружеской схватке за гармонию, но сегодня пушкари сияли. Каждый бережно нёс узелок с пасхой и куличами. На Баргамота никто не обращал внимания, да и он с неособенной любовью посматривал на своих «крестников», смутно предчувствуя, сколько путешествий придётся ему завтра совершить в участок. В сущности, ему было завидно, что они свободны и идут туда, где будет светло, шумно и радостно, а он торчи тут как неприкаянный.

«Стой тут из-за вас, пьяниц!» — резюмировал он свои размышления и ещё раз плюнул — сосало под ложечкой.

Улица опустела. Отзвонили к обедне. Потом радостный, переливчатый трезвон, такой весёлый после заунывных великопостных колоколов, разнёс по миру благостную весть о Воскресении Христа. Баргамот снял шапку и перекрестился. Скоро и домой. Баргамот повеселел, представляя себе стол, накрытый чистой скатертью, куличи, яйца. Он, не торопясь, со всеми похристосуется. Разбудят и принесут Ванюшку, который первым делом потребует крашеного яичка, о котором целую неделю вёл обстоятельные беседы с более опытной сестрёнкой. Вот-то разинет он рот, когда отец преподнесёт ему не линючее, окрашенное фуксином яйцо, а настоящее мраморное, что самому ему презентовал всё тот же обязательный лавочник!

«Потешный мальчик!» — ухмыльнулся Баргамот, чувствуя, как что-то вроде родительской нежности поднимается со дна его души.

Но благодушие Баргамота было нарушено самым подлым образом. За углом послышались неровные шаги и сиплое бормотанье. «Кого это несёт нелёгкая?» — подумал Баргамот, заглянул за угол

и всей душой оскорбился. Гараська! Сам с своей собственной пьяной особой, — его только недоставало! Где он поспел до свету наклюкаться, составляло его тайну, но что он наклюкался, было вне всякого сомнения. Его поведение, загадочное для всякого постороннего человека, для Баргамота, изучившего душу пушкаря вообще и подлую Гараськину натуру в частности, было вполне ясно. Влекомый непреодолимой силой, Гараська со средины улицы, по которой он имел обыкновение шествовать, был притиснут к забору. Упершись обеими руками и сосредоточенно-вопросительно вглядываясь в стену, Гараська покачивался, собирая силы для новой борьбы с неожиданными препятствиями. После непродолжительного напряжённого размышления Гараська энергично отпихнулся от стены, допятился задом до средины улицы и, сделав решительный поворот, крупными шагами устремился в пространство, оказавшееся вовсе не таким бесконечным, как о нём говорят, и в действительности ограниченное массой фонарей. С первым же из них Гараська вступил в самые тесные отношения, заключив его в дружеские и крепкие объятия.

— Фонарь. Тпру! — кратко констатировал Гараська совершившийся факт.

Вопреки обыкновению, Гараська был настроен чрезвычайно добродушно. Вместо того чтобы обсыпать столб заслуженными ругательствами, Гараська обратился к нему с кроткими упрёками, носившими несколько фамильярный оттенок.

— Стой, дурашка, куда ты?! — бормотал он, откачиваясь от столба и снова всей грудью припадая к нему и чуть не сплющивая носа об его холодную и сыроватую поверхность. — Вот, вот!.. — Гараська, уже наполовину скользнувший вдоль столба, успел удержаться и погрузился в задумчивость.

Баргамот с высоты своего роста, презрительно скосив губы, смотрел на Гараську. Никто ему так не досаждал на Пушкарной, как этот пьянчужка. Так посмотришь, — в чём душа держится, а скандалист первый на всей окраине. Не человек, а язва. Пушкарь напьётся, побуянит, переночует в участке — и всё это выходит у него по-благородному, а Гараська всё исподтишка, с язвительностью. И били-то его до полусмерти, и в части впроголодь держали, а всё не могли отучить от ругани, самой обидной и злоязычной. Станет под окнами кого-нибудь из наиболее почётных лиц на Пушкарной и начнёт костить, без всякой причины, здорово живёшь. Приказчики ловят Гараську и бьют, — толпа хохочет, рекомендуя поддать жару. Самого Баргамота Гараська ругал так фантастически реально, что тот, не понимая даже всей соли Гараськиных острот, чувствовал, что он обижен более, чем если бы его выпороли.

Чем промышлял Гараська, оставалось для пушкарей одной из тайн, которыми было облечено всё его существование. Трезвым его не видел никто, даже та нянька, которая в детстве ушибает ребят, после чего от них слышится спиртный запах, — от Гараськи и до ушиба несло сивухой. Жил, то есть ночевал, Гараська по огородам, по берегу, под кусточками. Зимой куда-то исчезал, с первым дыханием весны появлялся. Что его привлекало на Пушкарную, где его не бил только ленивый, — было опять-таки тайной бездонной Гараськиной души, но выжить его ничем не могли. Предполагали, и не без основания, что Гараська поворовывает, но поймать его не могли и били лишь на основании косвенных улик.

На этот раз Гараське пришлось, видимо, преодолеть нелёгкий путь. Отрепья, делавшие вид, что они серьёзно прикрывают его тощее тело, были все в грязи, ещё не успевшей засохнуть. Физиономия Гараськи, с большим отвислым красным носом, бесспорно служившим одной из причин его неустойчивости, покрытая жиденькой и неравномерно распределённой растительностью, хранила на себе вещественные знаки вещественных отношений к алкоголю и кулаку ближнего. На щеке у самого глаза виднелась царапина, видимо, недавнего происхождения.

Гараське удалось наконец расстаться со столбом, когда он заметил величественно-безмолвную фигуру Баргамота. Гараська обрадовался.

— Наше вам! Баргамоту Баргамотычу!.. Как ваше драгоценное здоровье? — Галантно он сделал ручкой, но, пошатнувшись, на всякий случай упёрся спиной в столб.

— Куда идёшь? — мрачно прогудел Баргамот.

— Наша дорога прямая...

— Воровать? А в часть хочешь? Сейчас, подлеца, отправлю.

— Не можете.

Гараська хотел сделать жест, выражающий удальство, но благоразумно удержался, плюнул и пошаркал на одном месте ногой, делая вид, что растирает плевок.

— А вот в участке поговоришь! Марш! — Мощная длань Баргамота устремилась к засаленному вороту Гараськи, настолько засаленному и рваному, что Баргамот был, очевидно, уже не первым руководителем Гараськи на тернистом пути добродетели.

Встряхнув слегка пьяницу и придав его телу надлежащее направление и некоторую устойчивость, Баргамот потащил его к вышеуказанной им цели, совершенно уподобляясь могучему буксиру, влекущему за собою лёгонькую шкуну, потерпевшую аварию у самого входа в гавань. Он чувствовал себя глубоко обиженным: вместо заслуженного отдыха тащись с этим пьянчужкой в участок. Эх! У Баргамота чесались руки, но сознание того, что в такой великий день как будто неудобно пускать их в ход, сдерживало его. Гараська шагал бодро, совмещая удивительным образом самоуверенность и даже дерзость с кротостью. У него, очевидно, была своя мысль, к которой он и начал подходить сократовским методом:

— А скажи, господин городовой, какой нынче у нас день?

— Уж молчал бы! — презрительно ответил Баргамот. — До свету нализался.

— А у Михаила-архангела звонили?

— Звонили. Тебе-то что?

— Христос, значит, воскрес?

— Ну, воскрес.

— Так позвольте... — Гараська, ведший этот разговор вполоборота к Баргамоту, решительно повернулся к нему лицом.

Баргамот, заинтригованный странными вопросами Гараськи, машинально выпустил из руки засаленный ворот; Гараська, утратив точку опоры, пошатнулся и упал, не успев показать Баргамоту предмета, только что вынутого им из кармана. Приподнявшись одним туловищем, опираясь на руки, Гараська посмотрел вниз, — потом упал лицом на землю и завыл, как бабы воют по покойнике.

Гараська воет! Баргамот изумился. «Новую шутку, должно быть, выдумал», — решил он, но всё же заинтересовался, что будет дальше. Дальше Гараська продолжал выть без слов, по-собачьи.

— Что ты, очумел, что ли? — ткнул его ногой Баргамот.

Воет. Баргамот в раздумье.

— Да чего тебя расхватывает?

— Яи-ч-ко...

Гараська, продолжая выть, но уже потише, сел и поднял руку кверху. Рука была покрыта какой-то слизью, к которой пристали кусочки крашеной яичной скорлупы. Баргамот, продолжая недоумевать, начинает чувствовать, что случилось что-то нехорошее.

— Я... по-благородному... похристосоваться... яичко, а ты... — бессвязно бурлил Гараська, но Баргамот понял. Вот к чему, стало быть, вёл Гараська: похристосоваться хотел, по христианскому обычаю, яичком, а он, Баргамот, его в участок пожелал отправить. Может, откуда он это яичко нёс, а теперь вон разбил его. И плачет.

Баргамоту представилось, что мраморное яичко, которое он бережёт для Ванюшки, разбилось, и как это ему, Баргамоту, было жаль.

— Экая оказия, — мотал головой Баргамот, глядя на валявшегося пьянчужку и чувствуя, что жалок ему этот человек, как брат родной, кровно своим же братом обиженный.

— Похристосоваться хотел... Тоже душа живая, — бормотал городовой, стараясь со всею неуклюжестью отдать себе ясный отчёт в положении дел и в том сложном чувстве стыда и жалости, которое всё более угнетало его. — А я, тово... в участок! Ишь ты!

Тяжело крякнув и стукнув своей «селёдкой» по камню, Баргамот присел на корточки около Гараськи.

— Ну... — смущённо гудел он. — Может, оно не разбилось?

— Да, не разбилось, ты и морду-то всю готов разбить. Ирод!

— А ты чего же?

— Чего? — передразнил Гараська. — К нему по-благородному, а он в... в участок. Может, яичко-то у меня последнее? Идол!

Баргамот пыхтел. Его нисколько не оскорбляли ругательства Гараськи; всем своим нескладным нутром он ощущал не то жалость, не то совесть. Где-то, в самых отдалённых недрах его дюжего тела, что-то назойливо сверлило и мучило.

— Да разве вас можно не бить? — спросил Баргамот не то себя, не то Гараську.

— Да ты, чучело огородное, пойми...

Гараська, видимо, входил в обычную колею. В его несколько прояснувшем мозгу вырисовывалась целая перспектива самых соблазнительных ругательств и обидных прозвищ, когда сосредоточенно сопевший Баргамот голосом, не оставлявшим ни малейшего сомнения в твёрдости принятого им решения, заявил:

— Пойдём ко мне разговляться.

— Так я к тебе, пузатому чёрту, и пошёл!

— Пойдём, говорю!

Изумлению Гараськи не было границ. Совершенно пассивно позволив себя поднять, он шёл, ведомый под руку Баргамотом, шёл — и куда же? — не в участок, а в дом к самому Баргамоту, чтобы там ещё... разговляться! В голове Гараськи блеснула соблазнительная мысль — навострить от Баргамота лыжи, но хоть голова его и прояснела от необычности положения, зато лыжи находились в самом дурном состоянии, как бы поклявшись вечно цепляться друг за друга и не давать друг другу ходу. Да и Баргамот был так чуден, что Гараське, собственно говоря, и не хотелось уходить. С трудом ворочая языком, приискивая слова и путаясь, Баргамот то излагал ему инструкцию для городовых, то снова возвращался к основному вопросу о битье и участке, разрешая его в смысле положительном, но в то же время и отрицательном.

— Верно говорите, Иван Акиндиныч, нельзя нас не бить, — поддерживал Гараська, чувствуя даже какую-то неловкость: уж больно чуден был Баргамот!

— Да нет, не то я говорю... — мямлил Баргамот, ещё менее, очевидно, чем Гараська, понимавший, что городит его суконный язык...

Пришли наконец домой, — и Гараська уже перестал изумляться. Марья сперва вытаращила глаза при виде необычайной пары, — но по растерянному лицу мужа догадалась, что противоречить не нужно, а по своему женскому мягкосердечию живо смекнула, что надо делать.

Вот ошалевший и притихший Гараська сидит за убранным столом. Ему так совестно, что хоть сквозь землю провалиться. Совестно своих отрепий, совестно своих грязных рук, совестно всего себя, оборванного, пьяного, скверного. Обжигаясь, ест он дьявольски горячие, заплывшие жиром щи, проливает на скатерть и, хотя хозяйка деликатно делает вид, что не замечает этого, конфузится и больше проливает. Так невыносимо дрожат эти заскорузлые пальцы с большими грязными ногтями, которые впервые заметил у себя Гараська.

— Иван Акиндиныч, а что же ты Ванятке-то... сюрпризец? — спрашивает Марья.

— Не надо, потом... — отвечает торопливо Баргамот. Он обжигается щами, дует на ложку и солидно обтирает усы, — но сквозь эту солидность сквозит то же изумление, что и у Гараськи.

— Кушайте, кушайте, — потчует Марья. — Герасим... как звать вас по батюшке?

— Андреич.

— Кушайте, Герасим Андреич.

Гараська старается проглотить, давится и, бросив ложку, падает головой на стол прямо на сальное пятно, только что им произведённое. Из груди его вырывается снова тот жалобный и грубый вой, который так смутил Баргамота. Детишки, уже переставшие было обращать внимание на гостя, бросают свои ложки и дискантом присоединяются к его тенору. Баргамот с растерянною и жалкою миной смотрит на жену.

— Ну, чего вы, Герасим Андреич! Перестаньте, — успокаивает та беспокойного гостя.

— По отчеству... Как родился, никто по отчеству... не называл...

Цветок под ногою

I

Имя его — Юра.

Ему было шесть лет от рождения, седьмой; и мир для него был огромным, живым и очаровательно-неизвестным.

Он недурно знал небо, его глубокую дневную синеву и белогрудые, не то серебряные, не то золотые облака, которые проплывают тихо: часто следил за ними, лёжа на спине среди травы или на крыше. Но звёзд полностью он не знал, так как рано ложился спать; и хорошо знал и помнил только одну звезду, зелёную, яркую и очень внимательную, что восходит на бледном небе перед самым сном и, по-видимому, на всём небе только одна такая большая.

Но лучше всего знал он землю во дворе, на улице и в саду со всем её неисчерпаемым богатством камней, травы, бархатистой горячей пыли и того изумительно разнообразного, таинственного и восхитительного сора, которого совершенно не замечают люди с высоты своего огромного роста. И, засыпая, последним ярким образом от прожитого дня он уносил с собою кусок горячего, залитого солнцем стёртого камня или толстый слой нежно-жгучей, щекочущей пыли. Когда же с матерью он бывал в центре города, на его больших улицах, то по возвращении лучше всего помнил широкие, плоские каменные плиты, на которых и шаги, и самые ноги его кажутся ужасно маленькими, как две лодочки; и даже множество вертящихся колёс и лошадиных морд не так оставалось в памяти, как этот новый и необыкновенно интересный вид земли.

И всё было для него огромно: заборы, деревья, собаки и люди, но это нисколько не удивляло и не пугало его, а только делало всё особенно интересным, превращало жизнь в непрерывное чудо. По его тогдашней мерке предметы выходили такими:

Отец — десять аршин.

Мама — три аршина.

Соседская злая собака — тридцать аршин.

Наша собака — десять аршин, как и папа.

Наш дом одноэтажный, но очень-очень высокий — верста.

Расстояние от одной стороны улицы до другой — две версты.

Наш сад и деревья в нашем саду — неизмеримы, высоки бесконечно.

Город — миллион, но чего — неизвестно.

И всё остальное в таком же роде. Людей он знал много, огромных и маленьких, но лучше знал и ценил маленьких, с которыми можно говорить обо всём; большие же держали себя так глупо и расспрашивали о таких нелепых, всем известных, скучных вещах, что приходилось тоже притворяться глупым, картавить и отвечать нелепости; и, конечно, хотелось как можно скорее уйти от них. Но были над ним, и вокруг него, и в нём самом два совершенно особенных человека, одновременно больших и маленьких, умных и глупых, своих и чужих: это были отец и мама.

Наверное, они были очень хорошими людьми, иначе не могли бы быть отцом и мамой; во всяком случае, они были людьми очаровательными и единственными в своём роде. С полной уверенностью можно было сказать одно: что отец очень велик, страшно умён, обладает безграничным могуществом и от этого немного страшен; интересно бывает с ним поговорить о необыкновенных вещах, для безопасности вложивши свою руку в его большую, сильную, горячую ладонь. Мама же не так велика, а иногда бывает совсем маленькою; очень добра она, целует нежно, прекрасно понимает, что это значит, когда болит животик, и только с нею можно отвести душу, когда устанешь от жизни, от игры или сделаешься жертвою какой-нибудь жестокой несправедливости. И если при отце неприятно плакать, а капризничать даже опасно, то с нею слёзы приобретают необыкновенно приятный вкус и наполняют душу такою светлою грустью, какой нет ни в игре, ни в смехе, ни даже в чтении самых страшных сказок. Нужно добавить, что мама необыкновенная красавица, и в неё все влюблены; это и хорошо, потому что чувствуешь гордость, но это и немножко плохо: её могут отнять. И всякий раз, когда какой-нибудь мужчина, один из этих огромных, занятых собою и неизменно враждебных мужчин пристально и долго смотрит на маму, — становится скучно и беспокойно. Хочется стать между ним и мамой, и куда ни пойдёшь по своим делам, отовсюду тянет назад. Иногда мама произносит нехорошую, пугающую фразу:

— Что ты всё вертишься тут? Иди играть к себе.

И тогда ничего не поделаешь, надо уходить.

Пробовал он приносить с собою книжку или садился рисовать, но и это не всегда помогало: то мама похвалит его, что он читает, то опять скажет:

— Иди лучше к себе, Юрочка. Видишь, опять на скатерти воду разлил, всегда ты со своим рисованием что-нибудь наделаешь.

А потом упрекает за капризы. Но хуже всего, когда опасный и подозрительный гость только что пришёл, а Юре надобно уже ложиться спать; впрочем, когда он ложится в постель, является чувство спокойствия и такое впечатление, будто всё уже кончилось: огни погашены, жизнь приостановилась, всё засыпает, и подозрительный гость не то также уснул, не то ушёл совсем.

Во всех этих случаях с подозрительными мужчинами Юра, хотя и смутно, но очень сильно, чувствует одно: что каким-то образом он заменяет собою отсутствующего отца. И это делает его немножко старым, как-то дурно, по-взрослому настроенным, но зато необыкновенно сообразительным, умным и важным. Конечно, он никому об этом не говорит, так как никто его не поймёт, но в том, как он ласкается к явившемуся отцу и покровительственно садится к нему на колени, чувствуется человек, до конца выполнивший свой долг. Бывает, что отец не поймёт его и просто-напросто прогонит играть или спать, — Юра обиды не чувствует и уходит с огромным удовольствием. В понимании он как-то не особенно нуждается и даже несколько боится его: иногда ни за что не скажет, почему он плакал, или притворится рассеянным, неслышащим, занятым своим делом, а сам всё прекрасно слышит и понимает.

И уже есть у него одна страшная тайна: он заметил, что эти необыкновенные и очаровательные люди, отец и мама, бывают очень несчастны друг через друга и скрывают это ото всех. Поэтому и он сам скрывает своё открытие и делает передо всеми вид, что всё обстоит прекрасно. Много раз он заставал маму плачущей где-нибудь в уголке в гостиной или в спальне; детская его рядом со спальнею, и однажды ночью, почти на рассвете, он слышал страшно гневный и громкий голос отца и плачущий голос матери. Он долго лежал, притаив дыхание, но потом стало так страшно от этого необыкновенного разговора среди ночи, что не выдержал и тихонько спросил няньку:

— Няня, что они говорят?

И няня быстро, испуганным шёпотом ответила:

— Спи, спи. Ничего не говорят.

— Я к тебе пойду.

— Как не стыдно, такой большой, и с нянькой спать!

— Я к тебе пойду.

Так, сдерживая голос, страшно почему-то боясь, чтобы их не услышали, долго спорили они в темноте; и кончилось тем, что Юра перебрался-таки к няньке, на её грубую, колючую, но уютную и тёплую простыню.

Наутро папа и мама были очень веселы, и Юра притворился, что верит им, и даже, кажется, действительно поверил. Но в тот же вечер, а может быть, и не в тот, а совсем в другой, он увидел отца плачущим. Это было так: он проходил мимо отцова кабинета, и дверь была полураскрыта, и что-то там слышалось, и он тихонько заглянул — отец лежал необыкновенно, животом вниз, на своём диване и громко плакал. И никого не было. Юра ушёл, повертелся в детской и снова вернулся: так же была полуоткрыта дверь, так же никого не было, и всё так же громко плакал отец. Если бы он плакал тихо, это ещё можно было бы понять; но он всхлипывал громко, стонал грубым голосом, и зубы у него страшно скрипели. Лежал такой большой, во весь диван, прятал голову под широкие плечи, густо сопел и шмурыгал влажным от слёз носом, — и этого нельзя было понять. А на столе, на его большом, полном карандашей, бумаги и других богатств столе, красным огнём горела лампа и коптела: плоской чёрно-серой ленточкой выбегала копоть и изгибалась в разные стороны.

Вдруг отец громко, но как-то по-другому вздохнул и пошевелился; и Юра потихоньку ушёл. А потом всё было, как всегда, и так никто об этом и не узнал; но образ огромного, таинственного и очаровательного человека, который есть отец, а в то же время громко плачет, остался в памяти у Юры, как что-то жуткое и чрезвычайно серьёзное. И если о другом просто не хотелось говорить, то об этом необходимо было молчать, как о святом и страшном, и в молчании ещё больше любить отца. Но опять-таки любить его нужно было так, чтобы он и этого не замечал, а вообще же делать вид, что жить на свете очень весело.

И всё это удалось Юре: отец так и не заметил, что он его любит особенно, а жить на свете было действительно весело, так что не было надобности в притворстве.

Из души тянулись нити ко всему, к солнцу, к ножу и оструганной им палке, к тем прекрасным и загадочным далям, что видимы с высоты железной крыши; и ещё трудно было отделить себя от всего, что не он. Когда сильно и душисто пахла трава, то казалось, что это он сам пахнет так хорошо, а когда он ложился в постель, то, как это ни странно, в маленькую постель вместе с ним укладывались огромный двор, улица, косые нити дождя и пенистые лужи и весь огромный, живой, очаровательно-неизвестный мир. Так всё вместе с ним и засыпало, так и просыпалось вместе и вместе с ним открывало глаза. И был один поразительный факт, достойный глубочайших размышлений: если с вечера он втыкал палку где-нибудь в саду, то наутро она оказывалась там же; и спрятанные в ящике, в сарае бабки[1] оставались такими же, хотя с тех пор было темно и он уходил к себе в детскую. Отсюда являлась и естественная потребность всё самое ценное прятать под подушку: раз оно само стояло и лежало, так могло само и уйти. И вообще было удивительно и очень приятно, что и нянька, и дом, и солнце существуют не только вчера, но и каждый день; и от этого, проснувшись, хотелось смеяться и громко петь.

Когда его спрашивали об имени, он быстро отвечал:

— Юра.

Но некоторые не довольствовались этим и требовали, чтобы он продолжал, — и тогда с некоторым напряжением он отвечал:

— Юрий Михайлович.

И, подумавши ещё, произносил полностью:

— Юрий Михайлович Пушкарёв.

II

Наступил необыкновенный день: мама именинница, к вечеру съедутся гости, будет военная музыка, а в саду и на террасе будут гореть разноцветные фонарики, и спать нужно ложиться не в девять часов, а когда сам захочешь.

Проснулся Юра, когда ещё все спали, сам наскоро оделся и быстро выскочил в ожидании чудес. Но был неприятно удивлён: комнаты сто-

---

[1] Бабка *(диалект.)* — название многих видов растений, например дикого шалфея, подорожника, полевого зверобоя.

яли неубранными, как всегда по утрам, кухарка и горничная спали, и дверь была заперта на крючок — трудно было поверить, что люди зашевелятся, забегают, а комнаты примут праздничный вид, и страшно становилось за судьбу праздника. В саду ещё хуже: дорожки не подметены, и не висит ни одного фонарика — стало совсем беспокойно. По счастью, на грязном дворе за сараем кучер Евмен мыл коляску; и хотя он делал это часто и вид имел самый обыкновенный, но теперь, в решительном плескании воды из ведра, в жилистых руках с засучёнными по локоть рукавами красной рубахи, явственно чувствовалось что-то праздничное.

Евмен только покосился на Юру, а Юра вдруг как бы впервые заметил его широкую чёрную волнистую бороду и подумал с почтением, что Евмен очень достойный человек. И сказал:

— Здравствуй, Евмен.

Ну, а потом пошло всё очень быстро: вдруг появился дворник и начал мести дорожки, вдруг распахнулось окно в кухне и застрекотали чьи-то женские голоса, вдруг выскочила горничная с каким-то ковриком и начала бить палкой, как собаку. Всё зашевелилось; и события, наступая одновременно и в разных концах, понеслись с такой бешеной стремительностью, что невозможно было за ними угнаться. Пока нянька поила Юру чаем, в саду уже начали протягивать проволоку для фонариков, а пока в саду протягивали проволоку, в гостиной переставили всю мебель, а пока в гостиной переставляли мебель, кучер Евмен уже запряг лошадь и выехал со двора с какой-то особенной таинственной, праздничной целью.

С крайним трудом Юре удалось на некоторое время сосредоточиться: вместе с отцом они стали развешивать фонарики. И отец был очарователен: смеялся, шутил, подсаживал Юру на лестницу, сам лазил по её жиденьким, потрескивающим перекладинам, и под конец оба они вместе с лестницей свалились в траву, но не ушиблись. Юра вскочил, а отец так и остался лежать на траве, закинув руки под голову и вглядываясь прищуренными глазами в сияющую, бездонную синеву. Лёжа в траве, с таким серьёзным, далёким от игры видом, отец был страшно похож на Гулливера, тоскующего о своей стране больших, высоких людей. Что-то вспомнилось неприятное; с целью развеселить отца, Юра сел верхом на его сдвинутые колени и сказал:

— Помнишь, отец, когда я был маленький, я садился к тебе на колени, и ты подбрасывал меня, как лошадь?

Но не успел окончить, как уже лежал носом в самой траве, поднятый на воздух и опрокинутый чудесною силой, — это отец по-старому подбросил его коленами. Юра обиделся, а отец с полным пренебрежением к его гневу начал щекотать его под мышками, так что поневоле пришлось рассмеяться, а потом взял, как поросёнка, за ноги и понёс на террасу. И мама испугалась:

— Что ты делаешь, у него голова затечёт.

После чего Юра оказался на ногах, красный, взъерошенный и не то очень несчастный, не то страшно счастливый.

День бежал так быстро, как кошка от собаки. Словно провозвестники грядущего великого торжества, стали появляться какие-то посланцы с записками, очаровательно вкусные торты, приехала портниха и спряталась с мамой в спальне, потом приехали два какие-то господина, потом ещё господин, потом дама — очевидно, весь город находился в волнении. Юра рассматривал посыльных — странных людей из того мира, и прохаживался перед ними с видом простым и важным, как сын именинницы, встречал господ, провожал торты — и к полудню так изнемог, что вдруг возненавидел жизнь. Поругался с нянькой и лёг на кровать лицом вниз, чтобы отомстить ей, но сразу заснул. Проснулся всё с тем же недовольством жизнью и желанием мстить, но, вглядевшись промытыми холодною водою глазами, почувствовал, что и мир и жизнь очаровательны до смешного.

Когда же на Юру надели красную, шёлковую, хрустящую рубашку, и уже явственно он приобщился к празднику, а на террасе его встретил длинный, снежно-белый, сверкающий стеклянною посудою стол, — Юра вновь закружился в водовороте набегающих событий.

— Пришли музыканты! Господи, музыканты пришли! — кричал он, разыскивая отца, или мать, или кого-нибудь, кто отнёсся бы к этому приходу с надлежащею серьёзностью.

Отец и мать сидели в саду, в беседке, густо завитой диким виноградом, и молчали; но красивая голова матери лежала на плече у отца, а отец, хотя обнимал её, но был очень серьёзен и приходу музыкантов не обрадовался. Да и оба они отнеслись к этому приходу с непостижимым равнодушием, вызывающим скуку. Впрочем, мама пошевелилась и сказала:

— Пусти. Мне надо идти.

— Так ты помни, — произнёс отец что-то непонятное, но отдавшееся в сердце Юры лёгкой сосущею тревогой.

— Оставь. Как не стыдно, — засмеялась мать, и от этого смеха Юре стало ещё неприятнее, тем более что отец не засмеялся, а продолжал хранить всё тот же серьёзный и печальный вид Гулливера, тоскующего о родной стране.

Но скоро всё это позабылось, ибо во всей широте своей загадочности и великолепия наступил удивительный праздник. Повалили гости, и уже не оставалось места за белым столом, который только сейчас был пуст; зазвучали голоса, смех, какие-то весёлые шутки, и музыка заиграла. И на пустынных дорожках сада, где раньше бродил один только Юра, воображая себя принцем, разыскивающим спящую царевну, появились люди с папиросами и громкой свободной речью. Первых гостей Юра встречал у парадного, каждого рассматривал внимательно, а с некоторыми успевал познакомиться и даже подружиться — по дороге от прихожей до стола. Так успел он подружиться с офицером, которого звали Митенькой, — большой человек, а звали Митенькой, сам сказал. У Митеньки была толстая кожаная, холодная, как змея, сабля, которая будто бы не вынималась, но это Митенька солгал: она была только перевязана возле ручки серебряным шнурком, а вынималась прекрасно; и так было обидно, что глупый Митенька, вместо того чтобы всегда носить саблю с собой, поставил её в передней, в угол, как палку. Но и в углу сабля стояла совсем особенно, сразу было видно, что она — сабля. И ещё неприятно было то, что с Митенькой пришёл другой, уже знакомый офицер, которого, очевидно, для шутки, также называли Юрием Михайловичем. Этот ненастоящий Юрий Михайлович приезжал уже к ним несколько раз, однажды даже верхом на лошади, но всегда перед тем самым часом, когда Юрочке нужно было ложиться спать. И Юрочка ложился, а ненастоящий Юрий Михайлович оставался с мамой, и это было тревожно и печально: мама могла обмануться. На настоящего Юрия Михайловича он не обращал никакого внимания; и теперь, идя рядом с Митенькой, он точно совсем не чувствовал своей вины, поправлял усы и молчал. Маме он поцеловал руку, и это было противно, но глупый Митенька сделал то же самое и этим привёл всё в порядок.

Но скоро гости стали появляться в таком количестве и такие разнообразные, как будто они падали прямо с неба. И некоторые падали за стол, а другие прямо в сад: вдруг на дорожке появилось несколько студентов с барышнями. Барышни были обыкновенные, а у студентов на белых кителях у левого бока были прорезаны дырочки — как оказалось, для шпаг, то есть для сабель. Но сабель они не принесли, должно быть, от гордости, — они все были очень гордые; а барышни накинулись на Юру и стали с ним целоваться. Потом самая кра-

сивая барышня, которую звали Ниночкой, взяла Юру на качели и долго качала, пока не уронила. Он очень больно ушиб левую ногу около колена и даже зазеленил на этом месте белые штанишки, но, конечно, плакать не стал, да и боль очень скоро девалась куда-то. В это время отец водил по саду какого-то важного, совсем лысого старика и спросил Юрочку:

— Ушибся?

Но так как старик тоже улыбнулся и тоже что-то говорил, то Юрочка не поцеловал отца и даже не ответил ему, а вдруг сразу сошёл с ума: стал визжать от восторга и вообще что-то выделывать. Если бы у него имелся большой, в целый город, колокол, то он ударил бы в колокол, а за неимением его влез на высокую липу, которая стояла у самой террасы, и начал красоваться. Гости внизу смеялись, а мама кричала, а потом вдруг заиграла музыка, и Юра уже стоял перед самым оркестром, расставив ноги и по старой, давно брошенной привычке заложив палец в рот. Звуки все сразу били в него, рычали, гремели, ползали, как мурашки по ногам, и трясли за челюсть. Было так громко, что на всей земле остался один только оркестр — всё остальное пропало. У некоторых труб от громкого рёва даже расползлись и развернулись медные концы: интересно было бы сделать военную каску из трубы.

И вдруг Юре сделалось грустно. Музыка ещё гремела, но уже где-то вдали и совсем снаружи, а внутри стало тихо — и делалось всё тише, тише. Глубоко вздохнув, Юра поглядел на небо — оно совсем высоко — и тихими шагами направился в обход праздника, всех его смутных границ, возможностей и далей. И всюду он, оказывается, запоздал: он хотел видеть, как начнут расставлять столы для карточной игры, а столы были готовы, и за ними уже играли с очень давним видом. Потрогал около отца мелок и щётку, и отец немедленно прогнал его. Что ж, не всё ли равно. Хотел видеть, как начнут танцевать, и был убеждён, что это произойдёт в зале, а они уж начали танцевать, и не в зале, а под липами. Хотел видеть, как начнут зажигать фонарики, а фонарики уже все горели, все до единого, до самого последнего из последних. Загорелись сами, как звёзды.

Лучше всех танцевала мама.

III

Ночь явилась в виде красных, зелёных и жёлтых фонариков. Пока их не было, не было и ночи, а теперь всюду легла она, заползла в кусты, прохладною темнотою, как водой, залила весь сад, и дом, и самое небо. Стало так прекрасно, как в самой лучшей сказке с раскрашенными картинками. В одном месте дом совсем пропал, осталось только четырёхугольное окно, сделанное из красного света. А труба на доме видна, и на ней блестит какая-то искорка, смотрит вниз и думает о своих делах. Какие дела бывают у трубы? Разные.

От людей в саду остались одни голоса. Пока человек идёт около фонариков, его видно, а как начинает отходить, так всё тает, тает, тает, а голос сверху смеётся, разговаривает, бесстрашно плавает в темноте. Но офицеров и студентов видно даже в темноте: белое пятно, а над ним маленький огонёк папиросы и большой голос.

И тут началось для Юры самое радостное, — началась сказка. Люди, и праздник, и фонарики остались на земле, а он улетел, сделался воздухом, претворился и растаял в ночи, как пылинка. Великая тайна ночи стала его тайной; и захотело маленькое сердце ещё более тайного, в одиночестве тела возжаждало оно нечеловеческих слияний жизни и смерти. Это было второе за тот вечер сумасшествие Юры: он сделался невидимкой. Хотя мог войти в кухню, как и все — вместо того с трудом влез на крышу подвала, над которой светилось кухонное окно, и стал подглядывать: там что-то жарили, и суетились, и не знали, что он на них смотрит, — а он всё видит. Потом пошёл и подглядел папину и мамину спальню: в спальне было пусто, но постели были уже открыты, и горела лампадка — это он подглядел. Потом подглядел в детской свою собственную кровать: также была открыта и ждала. Через комнату, где играли в карты, он прошёл, как невидимка, затаив дыхание и ступая так легко, точно летел по воздуху. Уже только в саду, в темноте, как следует отдышался. Затем начал выслеживать. Подбирался к разговаривающим так близко, что мог коснуться их рукой, а они даже не знали, что он тут, и разговаривали себе спокойно. Долго следил за Ниночкой, пока не изучил всю её жизнь, — чуть-чуть не попался. Ниночка даже крикнула:

— Юрочка, это ты?

Но он лёг за куст и притаился — так Ниночка и обманулась. А уж совсем было поймала. Чтобы было ещё таинственнее, он стал не ходить, а ползать: теперь дорожки казались опасными. Так прошло много времени — по его тогдашнему исчислению, десять лет, а он всё прятался и всё дальше уходил от людей. И так далеко ушёл, что начинало становиться страшно: между ним и тем прошлым, когда он разгуливал, как и все, раскрывалась такая пропасть, через которую, пожалуй, уж нельзя было перешагнуть. Теперь он и пошёл бы на свет, но было страшно, было невозможно, было потеряно навсегда. А музыка всё играет, и о нём все позабыли, даже мама. Один. От росистой травы веет холодом, крыжовник царапается, темноту не разорвёшь глазами, и нет ей конца. Господи!

Уже без всякого плана, совсем отчаявшись в спасении, Юра пополз куда-то напрямик — к загадочному, слабо мерцавшему свету. По счастью, оказалось — та самая беседка, завитая виноградом, где сидели сегодня отец и мама. А он и не узнал. Да, та самая беседка. Фонарики кругом уже погасли, и светились только два: один, зелёненький, горел ещё совсем ярко, а другой, жёлтенький, уже мигал. И хотя ветра не было, но от своего миганья он покачивался, и всё кругом также слегка покачивалось. Юра хотел встать, чтобы войти в беседку и оттуда начать новую жизнь, с незаметным переходом от старой, как вдруг услышал в беседке голоса. Говорили мама и ненастоящий Юрий Михайлович, офицер. Настоящий же Юрий

Михайлович замер на месте, и сердце у него замерло, и дыханье у него остановилось.

Мама сказала:

— Оставь. Ты с ума сошёл. Сюда могут войти.

Юрий Михайлович сказал:

— А ты?

Мама сказала:

— Сегодня мне двадцать шесть лет. Я старая.

Юрий Михайлович сказал:

— Он ничего не знает. Неужели он ничего не знает? Он даже не догадывается. Послушай, он всем так крепко жмёт руку?

Мама сказала:

— Что за вопрос? Конечно, всем. Нет, не всем.

Юрий Михайлович сказал:

— Мне его жаль.

Мама сказала:

— Его?

И странно засмеялась. Юрочка понял, что это говорили про него, про Юрочку, — но что же это такое, Господи! И зачем она смеётся?

Юрий Михайлович сказал:

— Куда ты, я тебя не пущу.

Мама сказала:

— Ты меня оскорбляешь. Пусти. Нет, ты не смеешь меня целовать. Пусти.

Замолчали. Тут Юрочка посмотрел сквозь листья и увидел, что офицер обнял и целует маму. Дальше они ещё что-то говорили, но он ничего не понял, не слыхал, внезапно позабыл, что какое слово значит. И свои слова, какие раньше научился и умел говорить, также позабыл. Помнил одно слово: «мама», и безостановочно шептал его сухими губами, но оно звучало так страшно, страшнее всего. И, чтобы не крикнуть его нечаянно, Юра зажал себе рот обеими руками, одна на другую; и так оставался до тех пор, пока офицер и мама не вышли из беседки.

Когда Юра вошёл в комнату, где играли в карты, важный лысый старик за что-то бранил отца, размахивая мелком, и говорил и кричал, что отец поступил не так, что так нельзя делать, что так делают только нехорошие люди, что это нехорошо, что старик с ним больше играть не будет, и другое всё такое же. А отец улыбался, разводил рукою, хотел что-то говорить, но старик не дал, — закричал ещё громче. И старик был маленький, а отец высокий, красивый, большой, и улыбка у него была печальная, как у Гулливера, тоскующего по своей стране высоких, красивых людей. Конечно, от него нужно скрыть то, что было в беседке, и его нужно любить, и я его так люблю, — с диким визгом Юра бросился на лысого старика и начал изо всей силы гвоздить его кулаками:

— Не смей обижать, не смей обижать...

Господи, что тут было! Кто-то смеялся, кто-то тоже кричал. Отец схватил Юру на руки, до боли сжал губы его и тоже кричал:

— Где мать? Позовите мать!

Потом Юру унёс с собою вихрь неистовых слёз, отчаянных рыданий, смертельная истома. Но и в безумии слёз он поглядывал на отца: не догадывается ли он, а когда вошла мать, стал кричать ещё громче, чтоб отвлечь подозрения. Но на руки к ней не пошёл, а только крепче прижался к отцу: так и пришлось отцу нести его в детскую. Но, видимо, ему и самому не хотелось расставаться с Юрой — как только вынес его из той комнаты, где были гости, то стал крепко его целовать и всё повторял:

— Ах ты мой милый! Ах ты мой милый!

И сказал маме, которая шла сзади:

— Нет, ты посмотри, какой!

Мама сказала:

— Это всё ваш винт. Вы так ругаетесь, что напугали ребёнка.

Отец рассмеялся и ответил:

— Да, ругается он сильно. Но этот-то! Ах ты мой милый!

В детской Юра потребовал, чтобы отец сам раздел его.

— Ну, начались капризы, — сказал отец. — Я ведь не умею, пусть мама разденет.

— А ты будь тут, — сказал Юра.

У мамы ловкие пальцы, и раздела она быстро, а пока раздевала, Юра держал отца за руку. Няньку выгнал. Но так как отец уже начинал сердиться и мог догадаться о том, что было в беседке, то Юра скрепя сердце решил отпустить его. Но, целуя, схитрил:

— А тебя он больше ругать не будет?

Папа обманулся. Засмеялся, ещё раз уже сам крепко поцеловал Юру и сказал:

— Нет, нет. А если будет браниться, я его брошу через забор.

— Пожалуйста, — сказал Юра. — Ты это можешь. Ты ведь сильный.

— Да ничего себе. А ты спи-ка покрепче. Мама побудет с тобою.

Мама сказала:

— Я пошлю няню. Мне нужно готовить к ужину.

Отец крикнул:

— Успеется ваш ужин! Можешь побыть с ребёнком.

Но мама настаивала:

— Там гости. Неудобно, если я их брошу.

Но отец пристально посмотрел на неё, и, пожав плечами, мама согласилась:

— Ну хорошо, я останусь. Посмотри только, чтобы Марья Ивановна вин не перепутала.

Всегда бывало так: если около засыпающего Юры сидела мама, то она держала его за руку до самой последней минуты, — всегда бывало так. А теперь она сидела так, как будто была совсем одна и не было тут никакого сына Юры, который засыпает, — сложила руки на коленях и смотрела куда-то. Чтобы привлечь её внимание, Юра пошевелился, но мама коротко сказала:

— Спи.

И продолжала смотреть. Но, когда у Юры отяжелели глаза и со всею своею тоской и слезами он начал проваливаться в сон, вдруг мама стала перед кроваткой на колени и начала часто-часто, крепко-крепко целовать Юру. Но поцелуи были мокрые, горячие и мокрые.

— Отчего у тебя мокрые, ты плачешь? — пробормотал Юра.

— Я плачу.

— Не надо плакать.

— Хорошо, я не буду, — покорно согласилась мама.

И снова целовала часто-часто, крепко-крепко.

Тяжело-сонным движением Юра поднял обе руки, обнял мать за шею и крепко прижался горячей щекою к мокрой и холодной щеке — ведь всё-таки мама, ничего не поделаешь. Но как больно, как горько!

Валя

Валя сидел и читал. Книга была очень большая, только наполовину меньше самого Вали, с очень чёрными и крупными строками и картинками во всю страницу. Чтобы видеть верхнюю строку, Валя должен был протягивать свою голову чуть ли не через весь стол, подниматься на стуле на колени и пухлым коротеньким пальцем придерживать буквы, которые очень легко терялись среди других похожих букв, и найти их потом стоило большого труда. Благодаря этим побочным обстоятельствам, не предусмотренным издателями, чтение подвигалось с солидною медленностью, несмотря на захватывающий интерес книги. В ней рассказывалось, как один очень сильный мальчик, которого звали Бовою, схватывал других мальчиков за ноги и за руки, и они от этого отрывались. Это было и страшно и смешно, и потому в пыхтении Вали, которым сопровождалось его путешествие по книге, слышалась нотка приятного страха и ожидания, что дальше будет ещё интереснее. Но Вале неожиданно помешали читать: вошла мама с какою-то другою женщиной.

— Вот он! — сказала мама, глаза у которой краснели от слёз, видимо недавних, так как в руках она мяла белый кружевной платок.

— Валечка, милый! — вскрикнула женщина и, обняв его голову, стала целовать лицо и глаза, крепко прижимая к ним свои худые, твёрдые губы.

Она не так ласкала, как мама: у той поцелуи были мягкие, тающие, а эта точно присасывалась. Валя, хмурясь, молча принимал колючие ласки. Он был недоволен, что прервали его интересное чтение, и ему совсем не нравилась эта незнакомая женщина, высокая, с костлявыми пальцами, на которых не было ни одного кольца. И пахло от неё очень дурно: какою-то сыростью и гнилью, тогда как от мамы всегда шёл свежий запах духов. Наконец женщина оставила Валю в покое и, пока он вытирал губы, осмотрела его тем быстрым взглядом, который словно фотографирует человека. Его коротенький нос, но уже с признаками будущей горбинки, густые, не детские брови над чёрными глазами и общий вид строгой серьёзности что-то напомнили ей, и она заплакала. И плакала она не так, как мама: лицо оставалось неподвижным, и только слёзы быстро-быстро капали одна за другою — не успевала скатиться одна, как уже догоняла другая. Так же внезапно перестав плакать, как и начала, она спросила:

— Валечка, ты не знаешь меня?

— Нет.

— Я приходила к тебе. Два раза приходила. Помнишь?

Может быть, она и приходила, может быть, и два раза приходила, — но откуда Валя будет знать это? Да и не всё ли равно, приходила эта незнакомая женщина или нет? Она только мешает читать со своими вопросами.

— Я твоя мама, Валя! — сказала женщина.

Валя с удивлением оглянулся на свою маму, но её в комнате уже не было.

— Разве две мамы бывают? — спросил он. — Какие ты глупости говоришь!

Женщина засмеялась, но этот смех не понравился Вале: видно было, что женщина совсем не хочет смеяться и делает это так, нарочно, чтобы обмануть. Некоторое время оба молчали.

— Ты уже умеешь читать? Вот умница!

Валя молчал.

— А какую ты книгу читаешь?

— Про Бову-королевича, — сообщил Валя с серьёзным достоинством и с очевидным чувством уважения к большой книге.

— Ах, это должно быть очень интересно! Расскажи мне, пожалуйста, — заискивающе улыбнулась женщина.

И снова что-то неестественное, фальшивое прозвучало в этом голосе, который старался быть мягким и круглым, как голос мамы, но оставался колючим и острым. Та же фальшь сквозила и в движениях женщины: она передвинулась на стуле и даже протянула вперёд шею, точно приготовилась к долгому и внимательному слушанию; а когда Валя неохотно приступил к рассказу, она тотчас же ушла в себя и потемнела, как потайной фонарь, в котором внезапно задвинули крышку. Валя чувствовал обиду за себя и за Бову, но, желая быть вежливым, наскоро проговорил конец сказки и добавил:

— Всё.

— Ну, прощай, мой голубчик, мой дорогой! — сказала странная женщина и снова стала прижимать губы к Валиному лицу. — Скоро я опять приду. Ты будешь рад?

— Да, приходите, пожалуйста, — вежливо попросил Валя и, чтобы она скорее ушла, прибавил: — Я буду очень рад.

Посетительница ушла, но только что Валя успел разыскать в книге слово, на котором он остановился, как появилась мама, посмотрела на него и тоже стала плакать. О чём плакала женщина, было ещё понятно: она, вероятно, жалела, что она такая неприятная и скучная, — но чего ради плакать маме?

— Послушай, — задумчиво сказал Валя, — как надоела мне эта женщина! Она говорит, что она моя мама. Разве бывают две мамы у одного мальчика?

— Нет, деточка, не бывает. Но она говорит правду: она твоя мама.

— А кто же ты?

— Я твоя тётя.

Это явилось неожиданным открытием, но Валя отнёсся к нему с непоколебимым равнодушием: тётя так тётя — не всё ли равно? Для него слово не имело такого значения, как для взрослых. Но бывшая мама не понимала этого и начала объяснять, почему так вышло, что она была мамой, а стала тётей. Давно, давно, когда Валя был совсем маленький...

— Какой маленький? Такой? — Валя поднял руку на четверть аршина от стола.

— Нет, меньше.

— Как киска? — радостно изумился Валя. Рот его полуоткрылся, брови поднялись кверху. Он намекал на беленького котёнка, которого ему недавно подарили и который был так мал, что всеми четырьмя лапами помещался на блюдце.

— Да.

Валя счастливо рассмеялся, но тотчас же принял свой обычный суровый вид и со снисходительностью взрослого человека, вспоминающего ошибки молодости, заметил:

— Какой я был смешной!

Так вот, когда он был маленький и смешной, как киска, его принесла эта женщина и отдала, как киску, навсегда. А теперь, когда он стал такой большой и умный, она хочет взять его к себе.

— Ты хочешь к ней? — спросила бывшая мама и покраснела от радости, когда Валя решительно и строго произнёс:

— Нет, она мне не нравится! — и снова принялся за книгу.

Валя считал инцидент исчерпанным, но ошибся. Эта странная женщина с лицом, таким безжизненным, словно из него выпили всю кровь, неизвестно откуда появившаяся и так же бесследно пропавшая, всколыхнула тихий дом и наполнила его глухой тревогою. Тётя-мама часто плакала и всё спрашивала Валю, хочет ли он уйти от неё; дядя-папа ворчал, гладил свою лысину, отчего белые волоски на ней поднимались торчком, и, когда мамы не было в комнате, также расспрашивал Валю, не хочет ли он к той женщине. Однажды вечером, когда Валя уже лежал в кроватке, но ещё не спал, дядя и тётя говорили о нём и о женщине. Дядя говорил сердитым басом, от которого незаметно дрожали хрустальные подвески в люстре и сверкали то синими, то красными огоньками.

— Ты, Настасья Филипповна, говоришь глупости. Мы не имеем права отдавать ребёнка, для него самого не имеем права. Неизвестно ещё, на какие средства живёт эта особа с тех пор, как её бросил этот... ну, да, чёрт его возьми, ты понимаешь, о ком я говорю? Даю голову на отсечение, что ребёнок погибнет у неё.

— Она любит его, Гриша.

— А мы его не любим? Странно ты рассуждаешь, Настасья Филипповна, — похоже, что сама ты хочешь отделаться от ребёнка...

— Как тебе не грешно!

— Ну, ну, уже обиделась. Ты обсуди этот вопрос хладнокровно, не горячась. Какая-нибудь кукушка, вертихвостка, наплодит ребят и с лёгким сердцем подбрасывает к вам. А потом пожалуйте: давайте мне моего ребёнка, так как меня любовник бросил, и я скучаю. На концерты да на театры у меня денег нету, так мне игрушку давайте! Нет-с, сударыня, мы ещё поспорим!

— Ты несправедлив к ней, Гриша. Ведь ты знаешь, какая она больная, одинокая...

— Ты, Настасья Филипповна, и святого из терпения выведешь, ей-богу! Ребёнка-то ты забываешь? Тебе всё равно, сделают ли из него честного человека или прохвоста? А я голову свою даю на отсечение, что из него сделают прохвоста, ракалью, вора и... прохвоста!

— Гриша!

— Христом Богом прошу: не раздражай ты меня! И откуда у тебя эта дьявольская способность перечить? «Она такая одино-о-окая», — а мы не одиноки? Бессердечная ты женщина, Настасья Филипповна, и чёрт дёрнул меня на тебе жениться! Тебе палача в мужья надо!

Бессердечная женщина заплакала, и муж попросил у неё прощения, объяснив, что только набитый дурак может обращать внимание на слова такого неисправимого осла, как он. Понемногу она успокоилась и спросила:

— А что говорит Талонский?

Григорий Аристархович снова вспылил.

— И откуда ты взяла, что он умный человек? Говорит, всё будет зависеть от того, как суд посмотрит... Экая новость, подумаешь, без него и не знаем, что всё зависит от того, как суд посмотрит. Конечно, ему что — потявкал-потявкал, да и к сторонке. Нет, если бы на то моя воля, я бы всех этих пустобрёхов...

Тут Настасья Филипповна закрыла дверь из столовой, и конца разговора Валя не слыхал. Но долго ещё он лежал с открытыми глазами и всё старался понять, что это за женщина, которая хочет взять его и погубить.

На следующий день он с утра ожидал, когда тётя спросит его, не хочет ли он к маме; но тётя не спросила. Не спросил и дядя. Вместо того оба они смотрели на Валю так, точно он очень сильно болен и скоро должен умереть, ласкали его и привозили большие книги с раскрашенными картинками. Женщина более не приходила; но Вале стало казаться, что она караулит его около дверей и, как только он станет переходить порог, она схватит его и унесёт в какую-то чёрную, страшную даль, где извиваются и дышат огнём злые чудовища. По вечерам, когда Григорий Аристархович занимался в кабинете, а Настасья Филипповна что-нибудь вязала или раскладывала пасьянс, Валя читал свои книги, в которых строки стали чаще и меньше. В комнате было тихо-тихо, только шелестели переворачиваемые листы да изредка доносился из кабинета басистый кашель дяди и сухое щёлканье на счётах. Лампа с синим колпаком бросала яркий свет на пёструю бархатную скатерть стола, но углы высокой комнаты были полны тихого, таинственного мрака. Там стояли большие цветы с причудливыми листьями и корнями, вылезающими наружу и похожими на дерущихся змей, и чудилось, что между ними шевелится что-то большое, тёмное. Валя читал. Перед его расширенными глазами проходили страшные, красивые и печальные образы, вызывавшие жалость и любовь, но чаще всего страх. Валя жалел бедную русалочку, которая так любила красивого принца, что пожертвовала для него и сёстрами, и глубоким, спокойным океаном; а принц не знал про эту любовь, потому что русалка была немая, и женился на весёлой принцессе; и был праздник, на корабле играла музыка, и окна его были освещены, когда русалочка бросилась в тёмные волны, чтобы умереть. Бедная, милая русалочка, такая тихая, печальная и кроткая. Но чаще являлись перед Валей злые, ужасные люди-чудовища. В тёмную ночь они летели куда-то на своих колючих крыльях, и воздух свистел над их головой, и глаза их горели, как красные угли. А там их окружали другие такие же чудовища, и тут творилось что-то таинственное, страшное. Острый, как нож, смех; продолжительные, жалобные вопли; кривые полёты, как у летучей мыши, странная, дикая пляска при багровом свете факелов, кутающих свои кривые огненные языки в красных облаках дыма; человеческая кровь и мёртвые белые головы с чёрными бородами... Всё это были проявления одной загадочной и безумно злой силы, желающей погубить человека, гневные и таинственные призраки. Они наполняли воздух, прятались между цветами, шептали о чём-то и указывали костлявыми пальцами на Валю; они выглядывали на него из дверей тёмной комнаты, хихикали и ждали, когда он ляжет спать, чтобы безмолвно реять над его головою; они засматривали из сада в чёрные окна и жалобно плакали вместе с ветром.

И всё это злое, страшное принимало образ той женщины, которая приходила за Валей. Много людей являлось в дом Григория Аристарховича и уходило, и Валя не помнил их лиц, но это лицо жило в его памяти. Оно было такое длинное, худое, жёлтое, как у мёртвой головы, и улыбалось хитрою, притворною улыбкою, от которой прорезывались две глубокие морщины по сторонам рта. Когда эта женщина возьмет Валю, он умрёт.

— Слушай, — сказал раз Валя своей тёте, отрываясь от книги. — Слушай, — повторил он с своей обычной серьёзной основательностью и взглядом, смотревшим прямо в глаза тому, с кем он говорил, — я тебя буду называть мамой, а не тётей. Ты говоришь глупости, что та женщина — мама. Ты мама, а она нет.

— Почему? — вспыхнула Настасья Филипповна, как девочка, которую похвалили.

Но вместе с радостью в её голосе слышался страх за Валю. Он стал такой странный, боязливый; боялся спать один, как прежде; по ночам бредил и плакал.

— Так. Я не могу этого рассказать. Ты лучше спроси у папы. Он тоже папа, а не дядя, — решительно ответил мальчик.

— Нет, Валечка, это правда: она твоя мама.

Валя подумал и ответил тоном Григория Аристарховича:

— Удивляюсь, откуда у тебя эта способность перечить!

Настасья Филипповна рассмеялась, но, ложась спать, долго говорила с мужем, который бунчал, как турецкий барабан, ругал пустобрёхов и кукушек и потом вместе с женою ходил смотреть, как спит Валя. Они долго и молча всматривались в лицо спящего мальчика. Пламя свечи колыхалось в трясущейся руке Григория Аристарховича и придавало фантастическую, мёртвую игру лицу ребёнка, такому же белому, как те подушки, на которых оно покоилось. Казалось, что из тёмных впадин под бровями на них глядят чёрные глаза, прямые и строгие, требуют ответа и грозят бедою и неведомым горем, а губы кривятся в странную, ироническую усмешку. Точно на эту детскую голову легло смутное отражение тех злых и таинственных призраков-чудовищ, которые безмолвно реяли над нею.

— Валя! — испуганно шепнула Настасья Филипповна. Мальчик глубоко вздохнул, но не пошевелился, словно окованный сном смерти.

— Валя! Валя! — к голосу Настасьи Филипповны присоединился густой и дрожащий голос мужа.

Валя открыл глаза, отенённые густыми ресницами, моргнул от света и вскочил на колени, бледный и испуганный. Его обнажённые худые ручонки жемчужным ожерельем легли вокруг красной и полной шеи Настасьи Филипповны; пряча голову на её груди, крепко жмуря глаза, точно боясь, что они откроются сами, помимо его воли, он шептал:

— Боюсь, мама, боюсь! Не уходи!

Это была плохая ночь. Когда Валя заснул, с Григорием Аристарховичем сделался припадок астмы. Он задыхался, и толстая, белая грудь судорожно поднималась и опускалась под ледяными компрессами. Только к утру он успокоился, и измученная Настасья Филипповна заснула с мыслью, что муж её не переживёт потери ребёнка.

После семейного совета, на котором решено было, что Вале следует меньше читать и чаще видеться с другими детьми, к нему начали привозить мальчиков и девочек. Но Валя сразу не полюбил этих глупых детей, шумных, крикливых, неприличных. Они ломали цветы, рвали книги, прыгали по стульям и дрались, точно выпущенные из клетки маленькие обезьянки; а он, серьёзный и задумчивый, смотрел на них с неприятным изумлением, шёл к Настасье Филипповне и говорил:

— Как они мне надоели! Я лучше посижу около тебя.

А по вечерам он снова читал, и, когда Григорий Аристархович, бурча об этой чертовщине, от которой не дают опомниться ребятам, пытался ласково взять у него книгу, Валя молча, но решительно прижимал её к себе. Импровизированный педагог смущённо отступал и сердито упрекал жену:

— Это называется воспитание! Нет, Настасья Филипповна, я вижу, тебе впору с котятами возиться, а не ребят воспитывать. До чего распустила, не может даже книги от мальчика взять. Нечего говорить, хороша наставница.

Однажды утром, когда Валя сидел с Настасьей Филипповной за завтраком, в столовую ворвался Григорий Аристархович. Шляпа его съехала на затылок, лицо было потно; ещё из дверей он радостно закричал:

— Отказал! Суд отказал!

Брильянты в ушах Настасьи Филипповны засверкали, и ножик звякнул о тарелку.

— Ты правду говоришь? — спросила она задыхаясь.

Григорий Аристархович сделал серьёзное лицо, чтобы видно было, что он говорит правду, но сейчас же забыл о своём намерении, и лицо его покрылось целой сетью весёлых морщинок. Потом снова спохватился, что ему недостаёт солидности, с которою сообщают такие крупные новости, нахмурился, подвинул к столу стул, положил на него шляпу и, видя, что место кем-то уже занято, взял другой стул. Усевшись, он строго посмотрел на Настасью Филипповну, потом на Валю, подмигнул Вале на жену и только после этого торжественного введения заявил:

— Я всегда говорил, что Талонский умница, которого на козе не объедешь. Нет, Настасья Филипповна, не объедешь, лучше и не пробуй.

— Следовательно, правда?

— Вечно ты с сомнениями. Сказано: в иске Акимовой отказать. Ловко, брат, — обратился он к Вале и добавил строго-официальным тоном, ударяя на букву о: — И возложить на неё судебные и за ведение дела издержки.

— Эта женщина не возьмёт меня?

— Дудки, брат! Ах, забыл: я тебе книг привёз!

Григорий Аристархович бросился в переднюю, но его остановил крик Настасьи Филипповны: Валя в обмороке откинул побледневшую голову на спинку стула.

Наступило счастливое время. Словно выздоровел тяжёлый больной, находившийся где-то в этом доме, и всем стало дышаться легко и свободно.

Валя покончил свои сношения с чертовщиной, и когда к нему наезжали маленькие обезьянки, он был среди них самый изобретательный. Но и в фантастические игры он вносил свою обычную серьёзность и основательность, и когда шла игра в индейцы, он считал необходимым раздеться почти донага и с ног до головы измазаться краскою. Ввиду делового характера, приданного игре, Григорий Аристархович счёл для себя возможным принять в ней посильное участие. В качестве медведя он проявил лишь посредственные способности, но зато пользовался большим и вполне заслуженным успехом в роли индейского слона. И когда Валя, молчаливый и строгий, как истый сын богини Кали, сидел у отца на плечах и постукивал молоточком по его розовой лысине, он действительно напоминал собою маленького восточного князька, деспотически царящего над людьми и животными.

Талонский пробовал намекать Григорию Аристарховичу о судебной палате, которая может не согласиться с решением суда, но тот не мог понять, как трое судей могут не согласиться с тем, что решили трое таких же судей, когда законы одни и там и здесь. Когда же адвокат настаивал, Григорий Аристархович начинал сердиться и в качестве неопровержимого довода выдвигал самого же Талонского:

— Ведь вы же будете и в палате? Так о чём толковать, — не понимаю. Настасья Филипповна, хотя бы ты усовестила его.

Талонский улыбался, а Настасья Филипповна мягко выговаривала ему за его напрасные сомнения. Говорили иногда и о той женщине, на которую возложили судебные издержки, и всякий раз прилагали к ней эпитет «бедная». С тех пор как эта женщина лишилась власти взять Валю к себе, она потеряла в его глазах ореол таинственного страха, который, словно мгла, окутывал её и искажал черты худого лица, и Валя стал думать о ней, как и о других людях. Он слыхал частое повторение того, что она несчастна, и не мог понять почему; но это бледное лицо, из которого выпили всю кровь, становилось проще, естественнее и ближе. «Бедная женщина», как её называли, стала интересовать его, и, вспоминая других бедных женщин, о которых ему приходилось читать, он испытывал чувство жалости и робкой нежности. Ему представлялось, что она должна сидеть одна в какой-нибудь тёмной комнате, бояться и всё плакать, всё плакать, как плакала она тогда. Напрасно он тогда так плохо рассказал ей про Бову-королевича.

...Оказалось, что трое судей могут не согласиться с тем, что решили трое таких же судей: палата отменила решение окружного суда, и ребёнок был присуждён его матери по крови. Сенат оставил кассационную жалобу без последствий.

Когда эта женщина пришла, чтобы взять Валю, Григория Аристарховича не было дома; он находился у Талонского и лежал в его спальне, и только его розовая лысина выделялась из белого моря подушек. Настасья Филипповна не вышла из своей комнаты, и горничная вывела оттуда Валю уже одетым для пути. На нём было меховое пальтецо и высокие калоши, в которых он с трудом передвигал ноги. Из-под барашковой шапочки выглядывало бледное лицо с прямым и серьёзным взглядом. Под мышкою Валя держал книгу, в которой рассказывалось о бедной русалочке.

Высокая, костлявая женщина прижала его лицо к драповому подержанному пальто и всхлипнула.

— Как ты вырос, Валечка! Тебя не узнаешь, — пробовала она шутить; но Валя молча поправил сбившуюся шапочку и, вопреки своему обычаю, смотрел не в глаза той, которая отныне становилась его матерью, а на её рот. Он был большой, но с красивыми мелкими зубами; две морщинки по сторонам оставались на своём месте, где их видел Валя и раньше, только стали глубже.

— Ты не сердишься на меня? — спросила мама, но Валя, не отвечая на вопрос, сказал:

— Ну, пойдём.

— Валечка! — донёсся жалобный крик из комнаты Настасьи Филипповны. Она показалась на пороге с глазами, опухшими от слёз, и, всплеснув руками, бросилась к мальчику, встала на колени и замерла, положив голову на его плечо, — только дрожали и переливались бриллианты в её ушах.

— Пойдём, Валя, — сурово сказала высокая женщина, беря его за руку. — Нам не место среди людей, которые подвергли твою мать такой пытке... такой пытке!

В её сухом голосе звучала ненависть, и ей хотелось ударить ногою стоявшую на коленях женщину.

— У, бессердечные! Рады отнять последнего ребёнка!.. — произнесла она злым шёпотом и рванула Валю за руку: — Идём! Не будь, как твой отец, который бросил меня.

— Бе-ре-гите его! — сказала Настасья Филипповна.

Извозчичьи сани мягко стукали по ухабам и бесшумно уносили Валю от тихого дома с его чу́дными цветами, таинственным миром сказок, безбрежным и глубоким, как море, и тёмным окном, в стёкла которого ласково царапались ветви деревьев. Скоро дом потерялся в массе других домов, похожих друг на друга, как буквы, и навсегда исчез для Вали. Ему казалось, что они плывут по реке, берега которой составляют светящиеся линии фонарей, таких близких друг к другу, словно бусы на одной нитке, но, когда они подъезжали ближе, бусы рассыпались, образуя большие тёмные промежутки, сзади сливаясь в такую же светящуюся линию. И тогда Валя думал, что они неподвижно стоят на одном месте; и всё начинало становиться для него сказкою: и сам он, и высокая женщина, прижимавшая его к себе костлявою рукою, и всё кругом.

У него замёрзла рука, в которой он держал книгу, но он не хотел просить мать, чтобы она взяла её.

В маленькой комнате, куда привезли Валю, было грязно и жарко. В углу, против большой кровати, стояла под пологом маленькая кроватка, такая, в каких Валя давно уже не спал.

— Замёрз! Ну, погоди, сейчас будем чай пить. Ишь, руки-то какие красные! Вот ты и с мамой. Ты рад? — спрашивала мать всё с тою же насильственною, нехорошею улыбкою человека, которого всю жизнь принуждали смеяться под палочными ударами.

Валя, пугаясь своей прямоты, нерешительно ответил:

— Нет.

— Нет? А я тебе игрушек купила. Вот, посмотри, на окне.

Валя подошёл к окну и начал рассматривать игрушки. Это были жалкие картонные лошадки на прямых, толстых ногах, петрушка в красном колпаке с носатой, глупо ухмыляющейся физиономией и тонкие оловянные солдатики, поднявшие одну ногу и навеки замершие в этой позе. Валя давно уже не играл в игрушки и не любил их, но из вежливости он не показал этого матери.

— Да, хорошие игрушки.

Но она заметила взгляд, который бросил Валя на окно, и сказала с тою же неприятною, заискивающей улыбкой:

— Я не знала, голубчик, что ты любишь. И я уже давно купила эти игрушки.

Валя молчал, не зная, что ответить.

— Ведь я одна, Валечка, одна во всём мире, мне не с кем посоветоваться. Я думала, что они тебе понравятся.

Валя молчал. Внезапно лицо женщины растянулось, слёзы быстро-быстро закапали одна за другой, и, точно потеряв под собою землю, она рухнула на кровать, жалобно скрипнувшую под её телом. Из-под платья выставилась нога в большом башмаке с порыжевшей резинкой и длинными ушками. Прижимая руку к груди, другой сжимая виски, женщина смотрела куда-то сквозь стену своими бледными, выцветшими глазами и шептала:

— Не понравились!.. Не понравились!..

Валя решительно подошёл к кровати, положил свою красную ручку на большую, костлявую голову матери и сказал с тою серьёзною основательностью, которая отличала все речи этого человека:

— Не плачь, мама! Я буду очень любить тебя. В игрушки играть мне не хочется, но я буду очень любить тебя. Хочешь, я прочту тебе о бедной русалочке?..

Содержание

Петька на даче 3

Алёша-дурачок 19

Кусака 35

Ангелочек 47

Баргамот и Гараська 68

Цветок под ногою 83

Валя 106

Литературно-художественное издание
Для среднего школьного возраста
Серия «Внеклассное чтение»

Андреев Леонид Николаевич
ПЕТЬКА НА ДАЧЕ
Рассказы

Художник И. Годин

Иллюстрация на обложке В. Нечитайло

Ответственный редактор А. А. Миронова
Художественный редактор М. В. Панкова
Технический редактор А. Т. Добрынина
Корректор И. С. Тимофеева
Верстка В. В. Никитина

Подписано в печать 10.03.2022. Формат 84 × 108 $^1/_{32}$.
Бумага офсетная. Печать офсетная. Усл. печ. л. 6,72.
Тираж 12 000 экз. ID 39644. Заказ № 2202640.

ООО «РОСМЭН».
Почтовый адрес: 127521, г. Москва, ул. Шереметьевская, д. 47.
Тел.: (495) 933-71-30.
Юридический адрес: 117465, г. Москва, ул. Генерала Тюленева, д. 29, корп. 1,
1-й эт., пом. II, комн. 1, 2, 3.

ОТДЕЛ ПРОДАЖ: (495) 933-70-73; 933-71-30; (495) 933-70-75 (факс).

www.rosman.ru
Дата изготовления: апрель 2022 г.
Отпечатано в России.

В соответствии с Федеральным законом № 436-ФЗ
от 29 декабря 2010 года маркируется знаком 6+

 Отпечатано в полном соответствии с качеством
предоставленного электронного оригинал-макета
в ООО «Ярославский полиграфический комбинат»
150049, Россия, Ярославль, ул. Свободы, 97

Әдеби-көркем басылым
Орта мектеп жасындағы балаларға арналған
Өндірілген күні: сәуір 2022.
Ресейде басылған.
Өндіруші: «РОСМЭН» ЖШҚ. Заңды мекен-жайы: Ресей, 117465, Мәскеу қ.,
Генерал Тюленев к., 29-үй, 1-корп., 1-қаб., II-жай, 1, 2, 3-бөл.
Нақты мекен-жайы / поштылық мекен-жайы: Ресей, 127521, Мәскеу қ., Шереметьевская к., 47-үй.
Тел.: +7 (495) 933-71-30.
Наразылықтарды қабылдауға уәкілетті тұлға: «РОСМЭН» ЖШҚ.
www.rosman.ru
Тауар KO TP 007/2011 сәйкес сертификатталған